「え、ええええええええっ⁉
ドラゴンのブレスを受け止めたぁぁぁぁぁっ⁉」

CONTENTS

第1話　勇者に賢者に聖女さま？　いいえ、職業はもう決めているのです！

「ああ、カナタさん！　お待ちしていました！」

黒髪の少女が通りかかると、教師たちが一斉に取り囲んだ。

「どれほどこの日を待ち望んだことでしょう！」

「我ら教師一同、これまでカナタさんを指導できたことを誇りに思いますぞ！」

「選定の儀をこれほど楽しみに思ったことが今まであったでしょうか！」

「あなたならば、万人に一人とさえ言われる聖女にすら選ばれるかも知れません！」

会場の入り口で生徒を受け付ける仕事を忘れ、教師たちは口々にカナタを褒め称えた。

カナタは美しい少女だった。

艶《つや》やかな黒髪、切れ長の目に大きな瞳《ひとみ》。雪のように白い肌。

およそ女性が望むものを全て叶《かな》えた容姿をしていた。

いや、ただ美しいだけではない。

立ち居振る舞いには気品があり、どこか近寄りがたい神聖な雰囲気も漂わせていた。

本来、生徒より上の立場である教師たちが、信仰心のこもった目でカナタを見つめている。

静かな微笑《ほほえ》みを向けられただけで、教師たちは手を組んで頬を紅潮させた。

「ありがとうございます、先生。これも先生方から受けた薫陶の賜物です。ですが儀式に遅れてしまいますので、これで失礼いたします」

カナタは丁寧にお辞儀をし、道を空けた教師たちの間を通り抜ける。教師たちは惚《ほう》けた顔で神童の後ろ姿を見送った。

「……いよいよですね」

儀式の会場となる大講堂の扉をくぐり、カナタは胸の前でぎゅっと拳《こぶし》を丸めた。

目を閉じて、高鳴る心臓を落ち着ける。教師たちは気づかなかったが、カナタは緊張していた。

「大丈夫です。この日のために、ずっと努力し続けてきたんです。きっとあの職業を授かれるはずです……！」

カナタにとって、いや今年で十五歳になる少年少女にとって、今日より大事な日はないだろう。

今日この場所で、彼ら、彼女らの職業を決める【選定の儀】が行われるのだ。

この世界の職業は、神によって定められる。

ダイスを振って選ぶような不公平なものではない。その者にとって適性のある職を、文字通り神の眼で見抜き、啓示してくださるのだ。

生まれつきの才能だけではなく、十五歳までどんな生活を送っていたのかも考慮して、啓示される職業の種類も数も変わる。

商人の親の手伝いをしていれば、商人系の職業が。剣の訓練を幼い頃から始めていれば、剣士系の職業が。魔導を深く学んでいれば、高確率で魔術師系の職業が啓示される。

大抵は一つか二つ。優秀な者ならば五つ出ることもある。

中でも、教師たちが口にしていた【聖女】は非常に稀少《きしょう》な職業だ。

神から託宣を授かり、人類を正しく導いていく。それが聖女に与えられる役目であり、世界中に何千万と信者がいる神聖教会のトップに立つことが約束される。

まさしく勝ち組の中の勝ち組。一国の王などよりも遥かに強い権力と財力を手にすることになる。

教師たちの期待もさもあらんというものだった。

稀少な職業は他にも、暗黒大陸から攻めてくる魔王軍の討伐を担う【勇者】や、世界の真理に触れて人類の知恵と技術を進歩させる【賢者】などいくつかあるが、もし今日の儀式でいずれかの職業が選定されることがあれば、その者は国の趨勢《すうせい》にも関わる重要な地位に就くことになるだろう。

いずれにせよ、一生に一度しかない大事な儀式である。

今日まで生きてきた全ての足跡が、職業の選定に反映されるのだ。

「やれることは全てやりました。後悔はありません」

カナタは自分の望む職業が出ると信じ、儀式の会場へと足を踏み入れる。

学園内に建設された大講堂には、中等部を卒業したばかりの少女たちが待機していた。

カナタと同じように、選定の儀を行うべく集まった生徒たちだ。

緊張しているのか、誰もが落ち着かない様子だった。

「あっ、見て、カナタ様よ」

「今日もなんてお美しい……」

「やっぱり、カナタ様の適性職は聖女かしら？」

「賢者かも知れないわ。カナタ様は我が校始まって以来の才媛《さいえん》ですもの」

「勇者の可能性もありましてよ。あの方は武勇にもすぐれています。王国剣術大会三連覇は伊達《だて》ではありませんわ」

などなど、カナタが会場に着いた途端、生徒たちがひそひそと噂話《うわさばなし》を始めた。

話題はカナタに関することばかりだ。

カナタ様が、カナタ様なら、カナタ様だから。聖女か賢者か、はたまた勇者か。

「…………」

カナタは心の中でその予想を否定する。

（聖女？　賢者？　勇者？　いいえ、そんなくだらないものを選ぶつもりはありません。わたしが選ぶ職業はもう決めているのです）

静かに席に着いたカナタは、熱い思いを胸に秘め、儀式の始まりを待つ。

好奇の視線にさらされても、表情を変えることさえない。

地方領主の家に生まれてからというもの、今日この日のために努力をしてきた。

生まれついての才能の上にあぐらをかくことなく、日々精進を続けた。つらい日も苦しい日も、一度たりともサボらなかった。

何故なら、絶対になりたい職業があったから。

文武両道にして容姿端麗。礼儀作法も人格も極めに極め抜いた。

今日この選定の日において、カナタには微塵《みじん》の隙もない。

「静粛に、静粛に。これより選定の儀を執り行います。名前を呼ばれた者からこの宝珠に触れてください」

儀式を行うべく、教会から派遣された神父が、丸眼鏡を押し上げて儀式の始まりを告げる。

「白鷹組、アリエル・マーサさん」

「は、はい！」

名前を呼ばれた女生徒が立ち上がり、壇上に置かれた大きな宝珠の前に向かった。

「今一度確認します。職業を決められるのは、この一回限り。歴史上、あとからの変更が認められたことはありません。一度決めたあとで、やっぱり違う職業にしたいと思っても神はお許しになりません。そうならないよう、落ち着いて慎重に選んでください」

念を押す神父に、女生徒は真剣な面持ちで頷《うなず》いた。

「神様、私に最適な職業をお授けください……」

手を組んで神に祈りを捧《ささ》げ、女生徒が宝珠に触れると、空中に光の文字が浮かび上がる。

「魔物使いと占い師が啓示されましたね。どちらを選びますか？」

女生徒は文字を見比べて、あからさまに嫌そうな顔をした。

「ま、魔物使いはちょっと……。占い師を選びますっ！」

「聞くまでもありませんでしたね。普通に考えて魔物使いを選ぶはずがありません。適性条件の範囲があまりに広いので、紛れ込んでしまうのです。啓示に出てきたからと言って、気にしなくて良いのですよ」

落ち込む女生徒を神父はなぐさめる。

残念な職業に適性があったとしても、そちらを選ばなければ良いだけのことなのだ。

「では、占い師の神字に触れて下さい。それであなたの魂に職業が刻まれます」

「は、はい」

指示されたとおりに、光る文字に触れた途端、指先から染み込むように女生徒の体へと吸収された。

「これで、儀式は終了です。占い師の職業はあなたの魔力と精神に強い恩恵を与えるでしょう。これからさらなる精進に励めば、未来を知る能力も宿るかも知れません」

「は、はい！」

「それから、職業は仕事ではありませんので、本当に占い師を仕事にする必要はありませんよ。もちろん、なっても構いませんが」

「だ、大丈夫です。分かっています」

女生徒は頭を下げ、席に戻っていく。周りに座る友人たちが、彼女に祝福の言葉を贈っていた。

「次、青燕組、ヨランダ・フェリベールさん」

「はい！」

「あなたの適性職業は、魔物使いと薬師《くすし》ですね」

「ま、また魔物使い……」

「いえ、本当に気にしない方が良いですよ。必要な能力を満たしていると大抵出ますから、この職業」

「良かったぁ。私、魔物使いにだけはなりたくありません！」

「でしょうね。魔物使いになっても能力が下がるだけですから。私も業務上聞いているだけですので、お気になさらず。では、選ぶのはこちらの薬師ですね？」

「もちろんですっ！」

儀式は滞りなく進行する。

みんな、神から啓示された職業に一喜一憂しながらも、自分の職を決めていった。

そして、ついにカナタの順番が回ってくる。

「黒梟組、カナタ・アルデザイアさん」

「……。はい」

カナタが立ち上がると、自《おの》ずと周囲の視線が集まる。

皆それだけ、カナタの適性職業が気になるのだ。

カナタは背筋を伸ばし、長い黒髪をなびかせて歩く。その姿だけで絵になった。

見送る乙女たちが、ほぅと息をつく。

「どうぞ、宝珠に触れて下さい」

「はい」

カナタは手順どおりに祈りを捧げ、宝珠に触れる。

そして――閃光《せんこう》が会場を満たした。

「なっ……!?」

「「「きゃあああああああっ!?」」」

あまりの眩《まぶ》しさに、神父が腰を抜かし、女生徒たちが悲鳴を上げる。

いったい何が起こったのか、誰にも分からなかった。

だが次の瞬間、全員が理解する。

膨大な数の神字が一度に現れたため、閃光のように感じてしまったのだ。

宝珠の上に高くそびえ立つ神字の群れ。

いったいどれほどの数の職業が啓示されているのか、誰もが見当も付かなかった。

「こ、こんな数の啓示、見たことがない……!? 千!? 二千!? 私が見たこともないような上級職まで全て網羅されている……!!」

老境にさしかかった神父は、ずれた眼鏡を直すことも忘れ、呆然《ぼうぜん》と光の柱を見上げる。

「……これだけあれば、きっとこの中にあるはず」

カナタははやる気持ちを抑えて、啓示された職業を見定めていく。

前代未聞の職業の数に、生徒たちは驚いて声も出せない。

カナタが職業を選ぶ瞬間を、固唾《かたず》を呑《の》んで見守った。

カナタの啓示に書かれた職業は様々だ。

聖女、勇者、賢者、神聖騎士、剣王、拳聖、予言者、竜騎士、大魔導士、などなど。稀少な職業が所狭しと並んでいる。

しかし、それらはどれもカナタの就きたい職業ではない。

「あ、あった……！」

全ての職業を確認し終え、カナタはようやく目当ての職業を見つけることに成功した。

啓示された神字の隅に、ポツンと書かれたその職業こそが、カナタの待ち望んだ職業だ。

「良かった……」

安心したようにカナタはほっと息をつき、躊躇《ちゅうちょ》なくその職業の神字に触れた。

同時に他の神字は崩れ去り、カナタの触れた神字だけが、指先から魂へ染み込んでいった。

この瞬間、カナタの一生の職が決まったのだ。

儀式が終了し、生徒たちがざわつきだす。

カナタが何の職業を選んだのか、後ろからは見えなかったのだ。

「あなたは見えました？　カナタ様はどんな職業を選んだのかしら」

「分かりません。けど、きっと聖女ですわ」

「いいえ、賢者よ」

「もしかしたら勇者かも」

「ああ、じれったいですわ。早く神父様が発表して下さらないかしら」

カナタの選んだ職業が気になる生徒たちは、早く答えを知りたがった。

急《せ》かすような視線を向けられた神父は、腰を抜かした姿勢のまま、引きつった声を上げる。

「か、カナタ・アルデザイアさんっ⁉」

神父は信じられないものを見たという顔をしていた。

近くにいた神父だけは、カナタの選んだ職業をしっかりと見ていたからだ。

「はい。なんでしょうか、神父様？」

冷や汗をかく神父とは対照的に、カナタはとても上機嫌だ。

長年の夢を叶《かな》えて、軽く笑みまで浮かべている。

だが、その笑顔は、神父から見れば、彼女の頭がどうにかなったとしか思えないものだった。

「あ、あなた！　いいいいい、いまままま、何の職業を選びましたかっ⁉　まさかまさかまさかっ、まさかとは思いますがっ！　私の見間違いだとは思いますがっ！　まさかっ！　あなたっ！」

「はい、わたしが選んだのは【魔物使い】です。おかげさまで、ずっとなりたかった職業になれました」

にっこり。

聖氷の姫君と呼ばれることさえあったカナタの、誰も見たことのない満面の笑みだった。

「な、何を考えているんですかぁぁぁぁぁぁぁぁぁっ‼」

神父の絶叫が会場に響き渡った。

「魔物使い⁉　よりにもよって魔物使い⁉　何故あんなハズレ職を選んだのですか！　職業に貴賤《きせん》なしとは言っても、アレだけはないでしょう‼」

「そうなんですか？　でもずっとなりたかった職業なので、仕方ないですね。えへっ」

「えへっ、ではなく‼」

神父は長年苦しんだ腰痛も忘れ、バネのように立ち上がった。

「分かっていますか⁉　魔物使いは魔物を使役することが出来る職業です。ですが、代わりに体力筋力魔力精神力、ありとあらゆる肉体の性能が激減するのですよ！　しかもそんな状態のまま、一人で魔物と戦わなければ魔物は主《あるじ》と認めてくれないのです！」

「戦うだけで認めてくれるなんて、最高ですねっ」

「何を言っているんですかぁぁぁぁぁぁぁぁっ⁉　幼児並の力しかない状態じゃあ、スライムにだって勝てませんよぉぉぉぉぉぉぉぉぉぉっ‼」

ふたたびの絶叫。

神父はもはや号泣していた。

それもそのはず、カナタに啓示された職業の中には、教会の象徴とも言える【聖女】があったからだ。

久しぶりに顕現した聖女を、みすみす魔物使いなどという最底辺の職業にさせてしまうなんて。

儀式を執り行う者として、神父は大失態を犯してしまった。

神聖教会本部にこのことが知られれば、破門くらいはされるかも知れない。

「あ、あわわわわ……」

築き上げてきた地位がガラガラと崩れ去っていくのを感じ、神父は顔面蒼白《そうはく》になった。

「い、今からでも職業を変更しましょう！　神へ真摯《しんし》に祈りを捧げれば、もしかしたらなんとかなるかも……！」

「神父様、落ち着いて」

カナタは穏やかな声で、神父に微笑《ほほえ》みかける。その微笑みのなんと慈愛に満ちたことか。

「あ、ああ、なんと神々しい……！」

錯乱して胸に十字を刻みまくっていた神父は、微笑むカナタに一縷《いちる》の希望を見いだした。

もしかしたら、今からでも聖女に戻ってくれるのだろうか。

いや、そうに違いない。この神々しい微笑み。何か解決方法を授けようとしてくれているのだ。

カナタの微笑みにつられ、神父も笑顔になった。

幸せな空気の中で、カナタは神父に告げる。

「歴史上、一度決まった職業にあとからの変更が認められたことはありません。神父様がそうおっしゃられたのですよ？　神の定めた決まりには大人しく従いましょう。ね？　神父様」

「ノォォォォォォォォォォォォォォォォォォォォッ‼」

解決方法を授けるのではなく、絶望に突き落としただけだった。

「うっ、ううっ……。何故なんです。何故このような不条理が許されてしまったのです……」

力なく膝《ひざ》を折った神父に、カナタは優しく語りかける。

「祝福してください、神父様。わたしは望んで【魔物使い】となったのです。何も心配なさらなくて良いんですよ」

「ですが、ですがぁ……。このままではぁ……私はぁ……」

「大丈夫、誰も啓示の中に聖女があったなんて気づいていません。わたしも誰かに話したりしませんから。神父様のお立場が悪くなることはありませんよ」

「あうあう……。私の浅はかな考えまでお見通しなのですね……。やはりあなたは聖女になるべき人だった……」

神父は涙と鼻水で顔をくしゃくしゃにして、逃した存在の大きさを惜しんだ。

「では、失礼いたします、神父様。次の生徒が待っていますよ」

カナタは丁寧にお辞儀をすると、自分の席に戻ることなく、スカートを翻して会場を後にする。

「やっと、やっと、念願の魔物使いになれました。わたしの努力は無駄じゃなかった」

無駄じゃなかったと言うか、無駄しかない。

カナタの才能ならば努力などしなくても、魔物使いの神字が出ていただろう。

十数年をかけた努力は、職業選びのためには何の役にも立っていなかった。

しかし、長い不断の努力は、カナタに凄《すさ》まじい力を実らせていた。

呪いとも言うべき魔物使いの能力激減などものともしない。わざわざ魔物を従僕にして戦わせる必要などまったくない。何故なら、カナタに敵《かな》う者などこの世に存在しないのだから。

今ここに、（本人が）最強の魔物使いが爆誕したのである。

「さぁ、モフモフしますよ。一心不乱にモフモフしまくるのです。待ってて下さい、魔物さん！」

カナタはまだ見ぬ仲間《モフモフ》たちの姿を想像し、胸をときめかせた。

大講堂をカナタが去ったあと、呆然とする生徒たちが我に返り、今起こった出来事を正確に理解するのは、外で待ち受けていた教師たちが絶叫する声を聞いてからだった。

† † †

「「「ええええええええええっ⁉　魔物使いいいいいいいいいいいっ⁉」」」

カナタの選んだ職業が【魔物使い】と聞いて、教師たちは絶叫した。

てっきりカナタが【聖女】となって儀式を終えると思っていたからだ。

それほどまでにカナタは周囲から期待されていた。

文武両道どころの騒ぎではない。魔法に薬学、演芸に音楽、果ては料理や芸術まで。本当にありとあらゆる分野でカナタは才能を発揮していた。

王都で行われる各種大会でカナタが優勝していないものなどあっただろうか。

凄まじい才能を持って生まれながら、驕《おご》ることなくひたむきに努力し、そして鮮烈な結果を叩《たた》き出す。

教師たちはカナタが自分の教室で学んでいることを、どれほど誇りに思ったことか。

将来、カナタ・アルデザイアはワシが育てた、と周囲に自慢する気満々だった。

それがどうして、魔物使いなんてハズレ職を選んでしまったのか。

教師たちは痛惜に涙した。

「それでは皆さま、ごきげんよう」

そんな教師たちの心境など知ってか知らずか、カナタはスカートを持ち上げて優雅に礼をする。

「ま、待ちなさい！　カナタ・アルデザイアさん！　どこへ行くのです！」

「魔物のテイムを少々」

お華とお琴を少々のテンションで、カナタは楚々と微笑む。

「は、はぁ⁉　ちょっ、話はまだ終わっていませんよ！　これからの進路はどうするのですか！

魔物使いなどになっては、せっかくのあなたの将来が……！」

まだ引き留めようとする教師陣の手をするりと躱《かわ》し、カナタは頭を下げた。

「申し訳ないのですが、高等部への進学は取りやめます」

「「「え、えええええええええええええええっ⁉」」」

追いかける教師たちは仰天するどころかひっくり返った。

「魔物使いになれたので、もうこの学園に用はありません」

適性職を増やすために、長年演じてきた才色兼備なご令嬢のフリはもう終わりだ。

魔物使いになれた以上、猫をかぶる必要もない。

「ふふふ……、ふふふふふっ、ふはははははっ！　今日からわたしは自由の身です！　窮屈なお嬢様学校よ！　さーらーばーっ！」

三段笑いで勝ち誇ると、カナタは軽やかなステップで教師たちを引き離していく。

「「「ま、待ちなさーいっ‼」」」

魔物使いとなり激減したはずのステータスは、カナタの肉体をなんら縛っていなかった。

身体能力が十分の一まで激減していても、カナタの俊敏性は教師たちを遥かにしのいでいる。

「もっふもふ♪　もっふもふ♪」

中等部でのカナタの暮らしを知っている者ならば、こんなにはしゃいでスキップする彼女の姿など信じられなかっただろう。

カナタは晴れやかな気分で優等生の仮面を脱ぎ捨て、学園の門を抜けて街の外へと向かった。

「ああ、ここまで長かったなぁ。やっと、やっと……モフモフできる‼」

カナタが優等生の演技を続け、稀少《きしょう》な職業の数々を捨てて魔物使いを選んだ理由を知るには、相当な過去にまで遡《さかのぼ》って話さなければならない。

それこそ転生の瞬間まで。

カナタはこれまでの苦労とともに、自身が生まれる前のことを思い返した。

† † †

最初は真っ暗な闇の中だった。

音もない光もない。何もない空間を漂っているかのような感覚。

このまま無限の時間を過ごすのだろうかと思っていると、不意に誰かに呼ばれた。

「吉野彼方《よしのかなた》さん」

「……はい」

吉野彼方は自分の名前だったので、カナタは返事をした。

次の瞬間、目の前に白く輝く球体が現れた。

暗闇の中で、カナタとその白い球体だけが浮かんでいる。

球体はカナタの意識がはっきりしていることを確認すると、穏やかな声で語りかけてきた。

「落ち着いて聞いて下さい。あなたは亡くなりました。ここは死後の世界です」

「……ああ、やっぱりわたしは死んだんですね」

カナタは特に驚くことはなかった。自分はいつ死んでもおかしくないような状態だったからだ。

ここが死後の世界だとすると、目の前の球体は神様なのだろうか。

なので、聞いてみることにした。

「あなたは神様ですか？」

「私は魂を管理するだけの存在です。あなた方が信仰する神とは違います」

今まで何度もこの質問を受けたのだろうか。球体はよどみなくカナタに答えた。

「ここにあなたを呼び出したのは、あなたの魂に問題があったからです」

「問題ですか」

平々凡々たる自分に問題があったとは。驚きである。

「カナタさん、あなたは生前、とても不幸な人生を送りましたね」

「え？　そうでしょうか？　わりと普通だと思いますけど。世界基準で見たらそこそこ幸せだったような？」

生きている間に、飢えることも渇くこともなかった。死因も衰弱死だ。

死ぬときはもっと怖いかと思ったが、そこまででもなかった。

我ながら、まぁまぁの死に様ではなかろうか。

心電図のフラット音を聞きながら意識が落ちていくのは、なかなか貴重な体験だったと思う。

しかし輝く球体には、その返事が不満だったようだ。

「産まれたときから大量の管に繋《つな》がれ、病院の外に出ることは許されず、たった独りで誰とも接することもなく、死ぬときでさえ看取《みと》ってくれる家族はいなかった。これを不幸とは呼ばないと?」

「まぁ、ネットがありましたし。画面越しですけど、外の世界には触れられましたし」

投薬や注射や手術があることを除けば、生活が保証されたニート生活と言えなくもない。

物心ついたときには、両親はもう会いにこなくなっていたけれど、入院費用はしっかりと払ってくれていた。それだけでも感謝すべきではないだろうか。

「それを不幸と感じないのは、あなたの魂が重すぎるせいでしょうね」

「重いとか、失礼じゃないですかね」

これでも自分は女子だ。重いと言われれば反論しないわけにはいかない。

むしろ死に際は、骨と皮しか残らないくらい痩《や》せ細《ほそ》っていたから、軽い方だと思う。

「そういう意味ではありません。魂の存在質量が重いと言っているのです」

何のことかは分からないが、あんまり良くないことなのだろうか。

「良い悪いではなく、天秤《てんびん》の傾きの話です。あなたのような魂の重い存在は、別の次元へ移して創世樹のバランスを取る必要があるのです」

「はぁ、理屈は分からないですけど、死んでしまった後なので自由にしてもらって結構ですよ？　自分的にはしっかり生きてさっぱり死にましたし」

「では、自分の人生に悔《く》いはないと？　ほんのわずかでも？　本当に悔いはないと言い切れますか？」

「う、うーん。悔いですか？」

そこまで念押しされると考えてしまう。

悔い、悔い。自分には何か悔いることはあっただろうか。

「……あー、あると言えば、一つありますね」

「ほう、それは？　何でも言ってみて下さい」

「モフモフしたかった」

「はい？」

「モフモフです。モフモフ」

「……モフモフ、ですか」

球体にはピンとこないようだ。首をかしげたような気配を感じる。

「知ってると思いますけど、わたし、無菌室で育ったんですよ。だから動物に触れる機会なんてなかったんですよね。あの柔らかそうな毛並み。きっと触ったら最高に気持ち良いんだろうなぁ。生きている間にモフモフをなでたり揉《も》んだり舐《な》めたり吸ったりしゃぶったりいんぐりもんぐりしたかった……」

ああ、モフモフ。モフモフしたい。

触れることの出来ないＡＶ《アニマルビデオ》にどれほど悶々《もんもん》としたことか。

「い、いんぐりもんぐり、ですか……」

球体が半歩ほど離れていく。

何か引くようなことを言っただろうか。不思議である。

「おほん。では、悔いがあるということで良いのですね」

「そうですね。モフモフしたいですね。モフモフさせてくれるんですか？　あなたはあんまりモフモフしてないようですけど」

「わ、私はモフモフさせませんっ。重魂者はどうしてこう、常識外れの方が多いのでしょう……」

伸ばしたカナタの手から球体は逃れ、溜息《ためいき》をついたような気配をさせる。

「話を戻しますよ。あなたに生前叶《かな》えられなかった願いがあるのであれば、その願いを叶えることが出来ます。新たな世界と新たな人生で、ですが」

「もしかしてそれって、異世界転生ですか？」

「話が早いですね。その通り、あなたにはこれから異世界へ転生していただきます」

「なんだか話の流れでそういうことなんだろうなと予想はしていました。ＷＥＢ小説は大好物ですので」

ＷＥＢ小説は退屈な病院生活の供だ。

いやむしろ友と言ってもいい。現実の友達は一人もいなかったのでしょうがない。

「転生先は剣と魔法のファンタジー世界」

「おお！」

「あなたの言うモフモフ？　の動物もちゃんといます」

「素晴らしいです！」

「それから、あなたの前世と今世の釣り合いを取るため、恩恵を与えましょう」

「チートですね！」

「病弱だった分だけ、あちらでは強靱《きょうじん》に。不幸だった分だけ、あちらでは幸運を。孤独だった分だけ、あちらでは沢山の出会いがあるでしょう」

「チートパワーで思う存分モフモフできると言うことですね！　異世界モフモフ！　異世界モフモフ！」

カナタのテンションは上がりっぱなしである。

モフモフしたい。早くモフモフしたい。

「では、契約は成立ですね。次元間の魂の移動において、本人の同意を確認しました」

先ほどまでの会話は、転生条件を満たすためのものだったようだ。

まんまと乗せられてしまったような気もするが、モフモフできるなら何の問題もない。

「準備は整いました。それでは吉野彼方さん。良き異世界生活を」

「はい！　いっぱいモフモフしてきます！」

「あっはい。頑張ってください……」

ドン引きする球体が答えると、どこかへ強い力で引っ張られているのを感じた。

そして意識は急速に遠ざかり、カナタは新たな世界へと転生することとなったのだ。

†　†　†

「この子の名はカナタであると、神がおっしゃっています」

丸眼鏡をかけた神父が、産まれたばかりの赤子の名を告げる。

「カナタ、不思議な名前だ」

「ええ、でもとても心地良い響き」

赤子の父と母が、授かったばかりの名前を噛《か》みしめる。

「カナタ。産まれてきてくれてありがとう」

産後の疲れでベッドに横たわる母は、すぐ隣で眠る赤子に頬をすり寄せた。

それを見守る父は赤子の手に指先で触れる。

「おおっ、カナタが俺の指を握ってくれたぞ！　凄《すご》い力だ！　この子はきっと丈夫に育つぞ！　いや、待て、本当に力が強い……あいたたたたたたたっ！　指が取れるっ！」

「あらあら、あなたったら、おおげさねぇ」

まだ目も開かぬ赤子は、両親の声を聞いて、嬉《うれ》しそうに微笑《ほほえ》んだ。

† † †

それから、またたく間に時は過ぎた。

優しい両親のもとですくすくと育ったカナタは、三歳になっていた。

そんなカナタが何をしているかというと――

「わんちゃん！」

「ガウガウガウッ！」

「おねこさま！」

「フッシャァァァァァァッ！」

動物に声をかけては、威嚇されたり、一目散に逃げられたりしていた。

「うう……。きょうもだめだった……」

転生してから三年が経つというのに、一度も動物と触れあっていない。

せっかく健康な体に生まれたのに、モフモフ出来なければ詐欺ではないか。

「はぁぁ……」

がっくりと肩を落として、カナタは溜息をついた。

「カナタちゃん、今日も駄目だったのねぇ」

弟を抱いた母がカナタに声をかける。

「うん、だめだったよママン。モフモフさせてくれなかったよ……」

「カナタちゃんはとっても優しい子なのに、どうして動物たちは懐いてくれないのかしらねぇ」

ほっそりとした頬に手を当てて、母が首をかしげる。

「そんなの、カナタがしりたいよー」

カナタは口を尖《とが》らせた。

モフモフ目当ての転生なのに、まったくモフモフできていない。

動物たちはカナタの姿を見ただけで、まるで恐ろしい魔物と遭遇したかのように、みんな怯《おび》えきってしまうのだ。

「はっはっは！　カナタは今日も動物に嫌われているのか！」

仕事を終えた父が、快活に笑いながらやってきた。

「むー」

頬を膨らませるカナタの頭を、父の大きな手がよしよしとなでる。

「むーむー」

「むくれるなむくれるな」

「ぶー」

ほっぺたを押さえられて口先がぶぅぶぅと鳴った。

モフモフは未だ出来ていないが、この優しい両親のもとに生まれただけで、転生して良かったと思えた。

ひとつ下の弟もとても可愛《かわい》い。欲を言えば弟がモフモフしていれば最高だったが、成長が遅めの弟は髪がまだ生えそろっていなかった。

父は領主でありながら、貴族的な選民思想を持たず、娘にも厳格に接することはない。

元いた世界で言えば中世の価値観が浸透するこの世界では、珍しい考えの人たちと言えた。

「しかし、動物にこれだけ嫌われるとなると、これはもう魔物使いにでもなるしかないかもしれんなぁ」

「まものつかい？」

聞いたことのない名称に、カナタは顔を上げる。

「魔物使いになれば、その職能で魔物と仲良くなれるそうだ。そうすれば、お前がいつも言っている『モフモフ』も出来るんじゃないか？」

その言葉を聞いて、カナタの顔がぱぁっと輝いた。

「すごい！　すごいすごい！　カナタ、まものつかいになる！」

「あらあら、カナタちゃんったら」

「しかしカナタよ。なりたい職業になるというのは、存外難しいことだぞ。父さんも昔は魔術師になりたかったが、適性があったのは剣士だったからな」

「じゃあ、いっぱいがんばる！　がんばってまものつかいになる！」

「そうか！　いっぱいがんばるか！」

「うん！　がんばるの！」

父はカナタを肩車して笑った。

その様子を見て、母も嬉しそうに目を細める。

弟はよく分からないようで手をパチパチと叩《たた》いた。

——そうしてカナタは頑張った。

あらゆる知識を進んで学び、どんな技術も身に付け、体を鍛え、美貌《びぼう》を磨き、礼儀作法も完璧《かんぺき》に習得した。

儀式の日がやってくるその日まで、カナタは少しも手を抜くことはなかった。

そう、全てはモフモフのために！

そして選定の儀を経て、カナタの努力は実を結んだのである。

まぁ、その努力はまったく必要がなく、魔物使いは最初からカナタの適性職業の中に入っていたのだが。

しかし、その努力のおかげで魔物使いの大幅ステータスダウンを問題にしない力を手に入れたのだから、まったくの無駄とは言えないだろう。

「魔物さん！　待っててね！」

過去の回想を終え、カナタは両手を握りしめて気合いを入れる。

「待っててねって、お嬢ちゃん、街の外へ出る気かい？」

そんなカナタに横から声をかけてきたのは、鎧《よろい》に身を包んだ兵士だ。

何の装備も持たず学生服のまま街の外へ出てきたカナタを、門番をしていた兵士たちが怪訝《けげん》な顔で見ている。

「はい！」

「はい、ってキミ、街の外は魔物が出るんだから、そんな格好で護衛も付けずに出るなんて危な――」

「行ってきまーす！」

「おじさんの話聞いてる⁉　行っちゃ駄目だって話してるんだよ！　おーい‼」

しかし彼らの声が届くより早く、カナタは地平線の彼方へと走り去ってしまうのだった。

† † †

「むむむ、いざ会おうとすると、なかなか出会わないものですね」

街を出たカナタは、少し離れた森の中を一人でさまよい歩いていた。

完璧な歩法で歩くカナタの靴は、森の軟らかい土に汚れることはなく、落ち葉を踏んでも足音一つ鳴らさない。

さすがは適性職業の中に暗殺者があるだけのことはあった。

「おーい、待ってくれーい！」

「お嬢さん！　一人で街の外を出歩くのは危ないよ！」

振り向くと、鎧を着て槍《やり》を持った兵士が、こちらに向けて手を振っていた。

あれは街の門番をしていた二人だ。

カナタの後を追いかけてきたらしい。

「ぜぇっ、ぜぇっ……！　お、お嬢ちゃん、足速いねぇ」

「僕ら、体力には自信があったんだけどね……」

二人はようやくカナタに追いつくと、膝《ひざ》に手をついて息を整えた。

「どうしたんですか、兵士さん。門の番をしなくて良いんですか？」

「どうしたって……、お嬢ちゃんが着の身着のまま散歩気分で街を出ていくから、心配になって追いかけてきたんだよ」

「門番はちょうど交代のタイミングだったから、問題ないとも。僕らの昼飯の時間がちょっと短くなるくらいさ」

どうやら二人は勤務時間外だというのに、休憩時間を減らしてまで助けにきてくれたらしい。

「そんな、わたしのために悪いです。ご自分の時間を大事にして下さい」

「いやいや、お嬢ちゃんを見つけちゃった以上、そういうわけにはいかんよ」

「でも、それだと一緒に行くことになっちゃいますけど、良いんですか？」

「一緒に行くって、おじさんたちはお嬢ちゃんを連れ帰りにきたんだが……」

中年の兵士が兜《かぶと》の面を押し上げて蒸れた頭を掻《か》く。

「先輩、ここは僕に任せて下さい」

若い兵士が、同じように兜から顔を出してカナタの前に立った。

「お嬢さん、ルルアルス女学園の生徒さんだよね？　そのネクタイの色は中等部の三年生だろう？　今日は選定の儀がある大事な日だったんじゃないのかい？」

若者の補導に慣れているのか、青年兵士はカナタの学校の行事まで言い当ててきた。

「はい、ちょうど職業が決まったところです。なので、さっそく職能を試しにきたんです」

それを聞いた中年兵士が、やれやれと肩をすくめた。

「あー、いるんだよなぁ。剣士とか魔術師とかの戦闘系の職業になったからって、調子に乗って魔物に挑もうとするひよっこが。魔物ってのはそんな甘っちょろいもんじゃないんだよ。大怪我《おおけが》する前に早く街に帰りな」

「まぁまぁ、先輩、僕らにもそんな頃があったじゃないですか」

青年兵士が間に入り、しかし意見は同じようだ。カナタの説得にかかる。

「ここらはスライムやゴブリン程度しか出ないけど、それでも一人で出歩くような場所じゃないよ。悪いことは言わないから、おじさんたちと一緒に帰ろう」

心からの善意で青年兵士はそう言った。彼らは良識のある正しい大人だった。

しかし、カナタの顔を見て、何かに思い至る。

「……あれ？　キミ、どこかで見たことがあるような気がするな……？」

「おいおい、こんな若い子を口説く気か？　いくら美人でも、流石《さすが》に年下過ぎるだろ」

「違いますって。本当にどこかで見た気が……。すまないけどキミの名前を教えてもらっても良いかい？」

「構いませんよ。わたしの名はカナタ・アルデザイアです」

「カナタ、アルデザイア？　……!!」

カナタの名前を聞いた途端、兵士たちの表情が固まった。

そして驚愕《きょうがく》と同時に動き出す。

「カナタ・アルデザイアって、あのカナタ・アルデザイア!?　ルルアルス女学園きっての才媛《さいえん》で、始まりの聖女の生まれ変わりとさえ言われている!?」

「お、俺も知ってるぞ！　カナタ・アルデザイアって言やあ、国中の猛者《もさ》を集めた王都の剣技大会で三年連続優勝してる有名な剣士じゃないか！　こんな若い娘だったのか！」

「はぁ、多分そのカナタ・アルデザイアで合ってると思いますけど」

驚く兵士たちとは対照的に、カナタは気もそぞろだった。

早く魔物を探しにいきたかったのだ。

カナタのモフモフ欲は限界に達しようとしていた。

「お、おい。とんでもない子に声をかけてしまったんじゃないのか、俺たち……？」

「本当に連れ戻す必要はないのかも知れませんね……。間違いなく僕らより強いですよ、この娘《こ》……」

「だからって、はいそうですかと行かせるわけにもいかんだろう。いくら強いって言ってもまだ十五かそこらの娘なんだから。それに丸腰どころか制服に革靴じゃないか。買い物に行くんじゃないんだぞ」

「何とか説得するしかないですかね……」

「なぁ、お嬢ちゃん。お嬢ちゃんが強いのは、よーっく分かった。その上で頼むんだが、一度街へ戻ってくれないかね。しかるべき装備を身に着け、ちゃんとした仲間と一緒に行くというのなら、今度こそ止めないから――って、あれぇぇっ⁉　いないぃぃぃっ⁉」

「先輩！　あそこです！　逃げられました！」

二人の兵士が相談している間に、カナタはさっさと先へ進んでいた。

自分は戻る気はないし、兵士たちは連れ戻したい。

話が平行線な以上、これ以上の対話は無意味とカナタは判断した。

そんなことよりモフモフだ。

モフモフしていない兵士たちに用はないのだ。

「おーい！　待ちなさーい！　おーい！」

再度の追いかけっこになるかと思われたその時、森の奥で何かが叫ぶような声が聞こえた。

「GUGEEEEEEEEEEEE‼」

不吉を孕《はら》んだけたたましい不協和音。兵士たちは思わず耳を塞《ふさ》ぎ、同時に声の正体に思い至る。

日々街を守る兵士たちが聞き間違えるはずもない。

「これは、魔物の声‼　しかも、まさか、この声は……⁉」

「お嬢ちゃん！　こっちへ来るんだ！　この先は危ない――ってなんで加速してるのあの娘ぉぉぉぉおっ⁉」

「そこにモフモフがあるからです！」

呼び止める声など、モフモフで頭がいっぱいのカナタに届くはずもない。

カナタの第六感はこの叫び声の先にモフモフがいると告げていた。予言者の職業を選ぶことも出来たカナタの予知能力は遺憾なく発揮されていた。

この先にモフモフがいるのならば、何が何でも行かねばなるまい。

生い茂る木々の隙間を縫い、枝を蹴《け》って宙を舞った。疾風のごとき移動速度は、またたく間にカナタを目的地へ運んだ。

「GUGEEEEEEEEEE‼」

「GARGARGAR‼」

巨大な魔物が黒い翼を広げ、空を飛んでいた。

鴉《からす》にも似た鋭い嘴《くちばし》を持った、二羽の巨鳥だ。

広げた翼の大きさは、大人が五人寝転んでもまだ余裕があるだろう。

高速で飛び交う二羽を見て、最初はその二羽が争っているのだと思った。

しかし違う。よく見れば巨鳥たちの攻撃は、地面でうずくまっている者を対象にしているではないか。

ズタズタになったボロ雑巾《ぞうきん》のようなそれは、ゴミか何かに見えるが、そうではない。

うずくまっていたのは、子猫ほどの大きさの黒い毛玉だった。

そう、毛玉だ。

小さな体を丸めて震える姿は、どこが手足かも分からない。丸い体からとんがった猫耳だけが飛び出していた。

元は真っ黒で柔らかだったであろう毛並みは、度重なる攻撃を受けて血と泥に汚れてしまっている。

「「GUGEEEEEEEEEEEEEEE‼」」

巨鳥たちの攻撃は執拗《しつよう》で、急降下しては毛玉を蹴爪《けづめ》で切り裂き、ふたたび飛び上がっていく。

毛玉はそのたびに地面を転がって、しかし逃げることも出来ずにその場で震えていた。

「「GUGEGEGEGEGEGEGE‼」」

二羽の巨鳥はけたたましく鳴いた。

嗤《わら》うようなその鳴き方から、黒い毛玉をいたぶって殺そうとしているのがはっきり分かった。

カナタは思わず駆け寄って毛玉をかばおうとしたが、その行く手を塞がれる。

追いついてきた兵士たちだった。

「ぜぇっ、ぜぇっ、なんつー速さだ！　走りきった俺を褒めたい！　よくやった俺！」

「ま、待つんだ……！　あの魔物には手を出しちゃ駄目だ……！」

カナタよりだいぶ遅れつつも、槍や兜を脱ぎ捨てて何とか追いついてきたようだ。

兵士たちは倒れ込むようにしてカナタの前を体で塞ぐ。

「頼むから話を聞いてくれ、お嬢ちゃん……！」

「あれは国が賞金を懸けているほどの魔物なんだ……！　あいつらには腕利きの冒険者や騎士が何

人も狩られている……！　いくらキミが強くても、素手であんな怪物を相手にするのは無理だ……！」

兵士たちは本気でカナタの身を案じていた。

今はあの黒い毛玉に夢中になっているが、巨鳥たちがこちらに気づいて、いつ攻撃の矛先を変えてくるか分からない。

「襲われているのが人間じゃなくて良かった。魔物同士で殺し合っている間に、早くこの場を離れよう」

兵士たちはカナタに退くよう訴えかけるが、カナタはその場を動こうとしなかった。

「…………」

カナタは、痛めつけられている毛玉をじっと見つめていた。

「もしかして、あの小さな魔物を救いたいのか？　やめとけ、魔物を助けても人に懐いたりなんかしない」

「あれは魔物同士の争いなんだ。我々人間が横から手を出すようなことじゃないはずだよ。自然の摂理に従って、そのままにしておくべきだ」

そう言いながら、カナタの肩に手をかけようとした兵士たちに、カナタはようやく意識を向けた。

「……兵士さん。わたし、考えたことがあるんです。魔物同士が戦っているところを見たら、どうするか」

兵士の言うことは正しいのだろう。

魔物同士の争いに、関係のない人間が手を出すべきではない。

「それは縄張り争いなのか、生きるため食べるためなのか、どちらにしても勝手に手を出すことは、利己的で自己中心に考える人間のエゴなんじゃないかって」

カナタは前に進み出た。

そのあまりに自然な一歩に、止めようとしていたはずの兵士たちは道を空けてしまう。

「でも、だから、わたし決めたんです。その時は……」

「「……その時は？」」

兵士たちの問いに、カナタは拳《こぶし》を固く握って答える。

「よりモフモフしている方を助けようと‼」

宣言するカナタに、兵士たちはきょとんとして、それから我にかえって突っ込んだ。

「り、利己的ィ‼」

「自己中心の極み‼」

カナタはふふんと鼻を鳴らし、兵士たちの脇を抜けて走り出す。

「利己的結構！　自己中上等！　自然の摂理など知ったことではないのです！　わたしはそんな道理をぶち破るためにここまで鍛えたのですから！」

カナタの今までの努力は、今日この日のためにあった。

その才能、その鍛錬、その道程。

全てをモフモフのために捧《ささ》げたのである！

カナタは決意を胸に、黒い毛玉を助けるべく疾走した。

「そこまでです！」

「「GUGEE⁉」」

突如、毛玉を守るように立ちはだかった少女に、巨鳥たちは一瞬驚いた。

空中で動きを止め、しかし相手が若い女であることが分かると、獲物が増えたことに悦びの叫声を上げげた。

「「GARGARGARGAR‼」」

耳障りな鳴き声を上げて、一羽がその鋭い蹴爪《けづめ》でカナタを引き裂こうと飛来する。

「これ以上のモフモフへの狼藉《ろうぜき》は、このわたしが許しません」

カナタは片手を上げ、襲い来る蹴爪にそっと手の甲を合わせた。

それだけの動作で、まるで氷の上を滑ったかのように巨鳥はバランスを崩してカナタの横を通り過ぎ、錐揉《きりも》みしながら木に激突した。

「GU、GUGE……⁉」

巨鳥は困惑した。

攻撃を盾で防御する者は、今まで戦った敵の中にもいた。だが、手を添えただけで攻撃をいなされるなど、初めての経験だ。

強い。この人間はいたぶって遊べるオモチャじゃない。見た目に騙《だま》された。この少女は全力で狩らねばならない強敵だ。

数々の冒険者を返り討ちにしてきた巨鳥たちの経験は、カナタへの警戒度を一気に強めさせた。

すぐさま油断は捨て、目の前の強敵を抹殺すべく陣形を取る。

「「GUGEEEEEEEEEEEEEEE‼」」

木にぶつかった巨鳥もダメージはさほどないようだ。全身に生えた硬い羽毛が衝撃から身を守ったのだろう。

二羽は高く飛び上がり、空中を旋回してカナタの隙を窺《うかが》った。

一方でカナタは、巨鳥たちに注意を払いながら、背後の毛玉を気遣う。

「大丈夫？　すぐに助けるからね」

「め、メウ……」

毛玉が力なく鳴く。か細い声は小さな子猫のようだ。

「か、可愛《かわい》い……‼」

その可愛らしい鳴き声に聞《き》き惚《ほ》れて、カナタの集中が乱れた。

その隙を逃す巨鳥ではない。

一羽が旋回をやめ、まっすぐにカナタへ突っ込んできた。

今度は蹴爪を使った攻撃ではない。

槍《やり》のような鋭い嘴《くちばし》をまっすぐに突き出し、己の体を矢に見立てて相手を貫く必殺の一撃だ。

この攻撃の前には、どれほど分厚い盾であろうが頑強な鎧《よろい》であろうが、紙くずに等しい。

今まで戦ってきた人間たちの中には、ダメージ覚悟で一撃受けてから反撃して倒そうと考える者もいた。そんな小賢《こざか》しい人間共を、巨鳥たちは何人も串刺《くしざ》しにしてきたのだ。

圧倒的な貫通力の前には、防御など無意味だ。硬質な羽が空気を切り裂き、甲高い音を立てる。

巨鳥は自らの勝利を確信した。今すぐその柔らかそうな腹に風穴を開けてやる、とさらなる加速をかける。

「GUGEEEEEEEEEEEEE‼」

巨鳥が叫声を上げて急降下してくる。落下の重力も合わせた飛翔《ひしょう》は矢よりも速く、空気の壁を突き破りかねない速度でカナタに迫った。

それと相対するカナタは――

「メウ……！　メウ……！」

「はわぁぁ、可愛いぃぃぃぃ……」

巨鳥を見ていなかった。

『後ろ！　後ろーっ！』と言わんばかりに必死な毛玉の鳴き声に、うっとりと顔をとろけさせ、振り向こうとすらしない。

巨鳥はあまりの愚かさに、カナタを嘲笑《ちょうしょう》した。

愚かな人間の女め。もろともに死ぬが良い。

激突の瞬間に備えて、巨鳥は全身の筋肉を締《し》める。翼を畳んで空気の抵抗を減らし、細く絞るように体を硬直させた姿は、まさしく一本の矢だ。

その威力は厚い城の門を砕く破城槌《はじょうつい》にも匹敵するだろう。

鋭い嘴がカナタに迫り、そして凄《すさ》まじい衝撃音が森に響き渡った。

殺《と》った。

巨鳥はそう確信した。

カナタはとろけた表情のまま串刺しに――なっていなかった。

巨鳥の必殺の一撃は、あっさり受け止められていた。

「GU、GUGEGE⁉」

いや、受け止めたというのは正確ではない。

嘴を素手でつかみ取ったのだ。

矢よりも速い高速の一撃を、ただの反射神経と握力だけで封じてしまった。しかも魔物使いになった影響により能力が激減している状態で、だ。

「す、すごい……！　か、片手で……⁉」

「キャッチボールじゃねえんだぞ……！　あの嬢ちゃん、化物かよ……⁉」

恐るべき身体能力に、兵士たちが驚嘆の声を上げる。

確かにそれは驚くべき事態だ。

しかし、巨鳥はまだ自身の勝利を疑っていなかった。

今の一撃は牽制《けんせい》だ。

矢よりも速いとは言え、熟練の冒険者たちの中にはこの嘴をなんとか躱《かわ》す者もいた。

その体勢が崩れたところを、もう一羽の巨鳥が背後から串刺しにするのだ。

一撃目にわざと叫声を上げたのも、注意をこちらへ引きつけるためだ。

本命はもう一羽の無音滑空による一撃。

隙を生まない二段攻撃。

兄弟であるこの巨鳥たちだからこそ出来る、相手の虚《きよ》を衝《つ》く完璧《かんぺき》な連携だった。

この技から逃れられた者は、未だかつて一人もいない。

カナタの背後から、無音のまま飛来する巨鳥の嘴《くちばし》。

「め、メウメウ……！」

その恐ろしい技を知っているのか、毛玉が危険を知らせようと鳴いた。

「は、はわわわ、か、可愛すぎるぅぅぅ……‼」

カナタはその声にまたも悶《もだ》え——もう片方の手で難なく嘴をつかんだ。

急停止した巨鳥の体が、ビィイイインと震える。

「め、メゥゥ……」

なんなんだこの少女は……、と言った様子で毛玉は鳴いた。

「可愛い可愛い可愛いぃぃぃぃぃっ……！」

呆《あき》れた様子の鳴き声でさえもツボに入るのか、カナタは巨鳥を両手で捕まえたまま、体をくねらせた。

「「…………」」

一見隙だらけのようにも見えるが、強力な握力で嘴を締め上げられて、二羽は逃げることも出来

ない。

処刑されるのをただ待つ身となっていた。

「はっ、いけないいけない。こうしている場合じゃなかった。早くこの子の手当てをしないと。でも、その前に……」

カナタは捕まえたままの巨鳥たちを見下ろした。

「「GU、GUGE……」」

氷の刃のような視線に、二羽の巨鳥は生唾《なまつば》を飲み込む。もし彼らが人間だったなら、全身から冷や汗を流していたことだろう。

「…………」

カナタは巨鳥たちにぐっと顔を寄せる。

そして一言発した。

「めっ！」

まるでいたずらした子供を叱るような、さほど大きいわけでもない一喝。

だが、その声がまとう圧倒的強者の威圧は、雷鳴のように巨鳥たちを打ち据えた。

「「GU、GE……」」

文字通り、雷に打たれたかのように震え上がった二羽の巨鳥は、白目を剥《む》いて失神した。

こうなってしまってはたとえ意識を取り戻したとしても、恐怖のあまり再起不能かもしれない。

「もうこんなことしちゃ駄目だよ」

戦意の喪失を確認したカナタは、二羽をその場に捨て置き、急いで黒い毛玉に駆け寄った。

「大丈夫？」

しゃがみ込んだカナタが優しく声をかけると、毛玉が顔を上げた。

真っ黒すぎて二つの大きな目と耳が付いていなければ、顔だと分からなかったかも知れない。

「め、メウ……」

その鳴き声も合わせて、子猫じみた愛らしさだった。

「はぅあっ！　可愛すぎますぅぅぅぅぅっ!!」

カナタはハートを撃ち抜かれた。

胸を押さえて、激しくのけぞる。

絶対にこの子を仲間にすると心に決めた瞬間だった。

しかしまずは怪我《けが》の治療だ。

あれほどしつこく攻撃を受けたにしては、そこまで深手は負っていないようだが、それでも痛々しい傷はいくつもあった。

「痛いの痛いの飛んでいけー」

カナタが毛玉猫に手をかざして念じると、見る見る間に全身の傷が癒えていく。

「こ、今度は回復魔法……!?　詠唱もなしにこんな一瞬で……!?」

「マジでとんでもないな、あの嬢ちゃん……」

危機は去ったと判断した兵士たちが、カナタのもとへやってくる。

「怪我はこれでよしっと。次は体を洗って、それからご飯にしようね。仲間になってくれるかはそれから決めていいから」

怪我が一瞬で治って呆然《ぼうぜん》としている毛玉猫を、カナタはそっとすくい上げる。

両手ですくえるほどの小さな体は、めちゃくちゃ柔らかかった。

この世の幸せを凝縮したような柔らかさだった。

「あ、あわわわ……手が幸せすぎる……」

その毛並みのあまりの心地良さ、その下にある温かい肉の柔らかさにカナタは恍惚《こうこつ》とした。

モフモフしたい。

なでくり回して揉《も》み倒して舐《な》めて吸ってしゃぶりたい。

「が、が、我慢我慢……」

しかし、鋼の精神で持ちこたえる。

聖女のごとき微笑《ほほえ》みの裏で、カナタは血涙を流しながら我慢した。

モフモフするのはこの子を元気にしてからだ。

相手は一生の友となるかもしれない。弱ったところにつけ込むのではなく、万全の体調で心から仲間になることを選んでもらいたかった。

そうしたら、毎日がモフモフパラダイスだ。

今まで我慢した分、好きなだけモフモフするのだ。

「うへへ……」

カナタは聖女スマイルの下でケモノ色の欲望を滾《たぎ》らせた。

「ちょちょちょ、ちょっと待った！」

街へ帰ろうとするカナタを呼び止めたのは兵士たちだ。

「お嬢ちゃん、その魔物を連れて帰る気か？」

「流石《さすが》にそれは認められないよ。小さくても魔物は魔物。人とは相容れない生き物だからね。それに僕もそんな魔物は見たことがない。冒険者ギルドか王都の研究者に連絡して引き取ってもらいたいところだ」

警戒する兵士たちに、カナタは問題ないと首を横に振る。

「ご心配なく。わたしは魔物使いですので。王国の法律では、魔物使いが従えた魔物は主人が一切の責任を負うという形で街を連れ歩いても良いことになっていますよね」

「あ、ああ。魔物使いの魔物なら……って、お嬢ちゃん魔物使いなのか⁉　ハズレ職じゃん！」

「ええ⁉　魔物使いって、魔物を従えられるようになる代わりに、あらゆる能力が激減するんじゃ……」

「激減してますよ？　ちょっと体が重いような？　気がしますし？」

「気がしますって……」

「あのとんでもない戦いを見た後じゃ、とても信じられない……」

「嘘《うそ》じゃないですよ。ちゃんと儀式済みですし。教会に問い合わせてもらえれば、登録されてあるはずです」

「なんてこった……。規格外すぎるぜ……」

「僕はもう、色々なことが起こりすぎて、どっと疲れてしまいました……」

兵士たちはヘナヘナとその場に座り込んだ。

「では、そういうことで」

カナタは片手に毛玉猫を抱え、もう片方の手でスカートを摘《つま》んで優雅にお辞儀する。

「親切な兵士さんたち、わたしたちはこれで失礼いたします。後のことはよろしくお願いしますね」

それだけ告げると、カナタはあっという間に街へ向かって駆け戻っていく。

「後のことって何を言って——あ！　巨鳥の魔物！　倒したはいいが、どうするんだこいつら！」

「まぁ、僕らが引きずっていくしかないんでしょうね……。この魔物、懸賞金も付いてるから放っておくわけにもいかないですよ……」

疲れたところにもう一働きすることが決まって、二人の兵士は深く溜息《ためいき》をついた。

第2話　毛玉猫？　いいえ、魔王ザグギエルです！

カナタは森から街へとあっという間に戻ってきた。

積荷審査のために門の前で順番待ちをしている馬車の列を追い抜き、門番に学生服の校章を見せる。

ルルアルス女学園の生徒であれば、出入りに複雑な審査はいらない。兵士が校章を確認して、それで終わりだ。

「あっ、もしかしてキミか！　何の装備も持たないで外に出た無茶な学生っていうのは！」

校章を確認した兵士がカナタを見て声を上げる。

学園生ならスルーでも、問題があるとなれば話は別だ。

街の人間の安全を守るのが仕事である兵士としては、知らせにあった少女に声をかけるのは当然だった。

「すみません、急いでいるのでー！　事情は帰ってきた兵士さんに聞いて下さーい！」

「ま、待ちたまえ！　キミ、その手に持っている毛玉はいったい？　まさか魔物じゃ――って、足速ァい!?」

つむじ風のごとく門を通り過ぎたカナタは、人通りの多い道を誰にもぶつかることなくジグザグに駆け抜ける。

通りを歩く人々は風が吹いたとしか思わなかっただろう。馬以上の速度で駆けるカナタを誰も視認できなかった。

これほどの速度で動いているのに、腕に抱いた毛玉猫にはまるで負担がかかっていない。歩法を極めたカナタだからこそ出来る高速移動だった。

一陣の風となって走るカナタの目的地は、学園に隣接された学生寮だ。

カナタはそこの一部屋で暮らしていた。

中等部を卒業し、高等部には進学しないことを伝えはしたが、まだ身分は王立ルルアルス女学園の三年生だ。寮を利用する権利は当然ある。

しかし、カナタが魔物使いとなったことを知っている教師に会えば、また呼び止められて無駄な時間を使うことになるだろう。

カナタは寮の周囲に誰もいないことを確認すると、開いている窓を探した。

「この時間なら、空気の入れ換えをしてるはず……。あ、あったあった」

ちょうど四階の廊下に面した窓が開けっぱなしになっている。

カナタはその窓へ向かって、跳んだ。

重力を無視した軽やかな跳躍は、一瞬でカナタを四階の窓へと運ぶ。

窓枠に手を突いて、滑り込むように廊下へ着地したカナタの前には、掃除中の寮母さんがいた。

「えっ、ええっ……？」

目の前で起きた出来事に、ハタキを持った姿勢のまま固まっている。

「か、カナタ・アルデザイアさん……⁉　今あなたどこから来ました⁉　ここは四階ですよ⁉」

「ちょっとはしたなかったですね、お恥ずかしい」

「はしたないとかそういう問題では……」

「それでは急いでいますので、ごめんあそばせ」

混乱する寮母さんにお辞儀をすると、カナタは自分の部屋に引っ込んだ。

「ふぅ、やっと着いた」

カナタはドアにもたれて息をつく。

「ごめんね、疲れちゃったかな？」

抱きかかえていた毛玉猫を顔の高さに持ち上げてのぞき込むと、毛玉猫は知性を感じる瞳でじっとこちらを見つめ返してきた。

警戒はしているようだが、暴れたり逃げ出したりはせず、カナタのされるままになっている。

「ご飯の前にお風呂《ふろ》にしよっか」

この寮には各部屋に風呂場が設置してある。

元々寮にあったわけではなく、三年前、カナタが初めて剣技大会で優勝した褒賞に、王から賜ったものだ。

さしもの王も『何か願いはあるか』と聞いて、『お風呂が欲しいです』と返されたのは初めての経験だっただろう。

前世では日本人であったカナタに、風呂のない生活が耐えられるはずがなかった。実家にいた頃も毎日風呂をねだり、家族に不思議がられたものだ。

一応学園にも共用施設である大浴場はあったが、入りたいときに自由に使えるものではなかった。寮の各部屋に風呂が設置されてからというもの、入寮者からのカナタの人望は絶大なものとなっている。

カナタが偉業をなして王に招聘《しょうへい》されるたび、寮には豪華な設備が増えていった。王都の中でも上流階級向けで有名なルルアルス女学園だが、その半分くらいはカナタの功績である。

「モフモフとお風呂……。長年の夢が叶《かな》っちゃうんだね……」

カナタはシュルシュルとタイをほどくと、手早く制服を脱いでいく。

先ほどの戦闘や森の行き帰りでは汗をかくことも汚れることもなかったので、カナタまで風呂に入る必要はない。手桶《ておけ》一杯のお湯があれば、この毛玉を洗うのには充分だろう。

だが、そんなことは関係ない。モフモフと風呂に入る。そこが重要なのだ。

「め、メウ！　メウ！」

だが、どうしたことだろう。

下着を脱ぎ捨てたところで、先ほどまで大人しかった毛玉猫が突然騒ぎ出した。

短い後ろ足で上半身を起こし、同じく短い前足を懸命にパタパタと振っている。

「はわわ、なんですかなんですかなんですか、もぉぉぉぉっ！」

可愛《かわい》すぎる！

カナタは毛玉猫が何を訴えているのか分からなかったが、その可愛さに思わず胸に抱きすくめてしまった。

「可愛いよう可愛いよう！　どうしてこんなに可愛いの！」

「め、メウゥゥゥ……」

カナタの胸に挟まれて、毛玉猫はぐったりした。

「あ、あれ、苦しかった？」

いつまでも裸でいるのも何なので、カナタはさっそく風呂場に向かった。

ふにゃふにゃになってしまった毛玉猫を風呂椅子に座らせて、カナタは長い黒髪を紐《ひも》で短くまとめる。

それから湯船に湯を溜《た》めた。

蛇口をひねると、温かい湯が勢い良く出始める。

魔石を熱源として利用した湯沸かし器も王に賜ったものだ。水道を引いてあるのでトイレは水洗だし、軽食を作れるキッチンまである。

これらもまた王に賜ったものだ。水道代も魔石代も王の私財から出ている。

カナタが何らかの大会で優勝するたびに、こうして寮の生活水準は向上していったのだった。

「先に体を洗っちゃおうね」

毛玉猫を湯でさっと濡《ぬ》らすと、カナタは石鹸《せっけん》を丹念に泡立て、丹念にまぶしていく。

白い泡はあっという間に黒くなってしまい、あまりの汚れで泡立たなくなってしまった。

「うわわ、いったん洗い流すねー」

毛玉猫の耳に入らないようにゆっくり湯をかける。

「うわー、すごー」

泥や血や草の汁や、色々な汚れが混ざった黒い湯が毛玉猫を中心に広がっていった。

「め、メウメウ……」

毛玉猫はその様子を恥じ入るようにか細く鳴いた。

「これは念入りに洗うしかないようですなぁ」

モフモフを何回でも洗える喜びに、カナタはウキウキしながら石鹸を泡立てた。

泡で体を覆い、染み込むのを待ってからまた湯で流す。

それを繰り返すと、毛の指通りが良くなってきた。

「おかゆいところはございませんかー」

カナタは揉《も》むようにして毛玉猫の全身を洗っていく。

「め、メゥゥゥ……」

毛玉猫は困惑するような声を上げるが、抵抗することもなくカナタのされるがままだ。

「はううう……、しんなりしたモフモフもまたいいっ……！」

モコモコに泡立った毛玉猫に、お湯をたっぷりかけて洗い流す。

毛色が真っ黒なのは変わらないが、油でべたついたような汚れはすっかり落ちた。

毛玉猫を洗っている間に、湯船の湯も張り終わっている。

「怖くないからねー。ゆっくり浸《つ》かるからねー」

毛玉猫を胸に抱いたまま、カナタは一緒に湯船に浸かる。

「はふぅぅぅぅ……」

「メゥゥゥゥゥ……」

心地良い湯の温かさに、一人と一匹のうっとりとした溜息が重なった。

「ぬくぬくだねー」

「メウメウ……」

毛玉猫はカナタに同意するように鳴いた。

胸の上で溶けるように力を抜いた毛玉猫をカナタは愛おしく見つめる。

「はわぁぁぁぁ……。溶けてるー。おもちみたいになってるよー……」

毛玉猫の愛らしさはカナタの視線を捉《とら》えて離さない。上気する頬は風呂のせいだけではないだろう。

しかしいつまでも浸かっていてはのぼせてしまいそうだ。ほどほどに体が温まってから、カナタたちは風呂を出る。

タオルでしっかり水気を拭《ふ》いて、クシを通してやると、毛玉猫はふっくらモフモフになった。

元々丸かった姿が以前に増して丸くなった印象だ。太りに太ったデブ猫のように見えなくもない。

艶《つや》のある毛をなでると、その感触は洗う前とは雲泥の差だった。

「うわわわ、手触り気持ち良すぎでしょう……！」

フワフワの毛の感触がカナタを虜《とりこ》にする。

永遠に触っていたいくらいだ。

「と、いけないいけない。次はご飯にしないと。お腹、空いてるよね？」

「め、メウ！」

そんなことはない。これ以上の気遣いは無用。といった様子で首を横に振る毛玉猫。

もしや言葉が通じているのだろうか。

魔物であれば、知能の高さが動物以上のものもいる。風呂ではカナタのしたいようにさせていたが、食事となると警戒しているのかもしれない。

「いらないの？」

「メウメウ！」

そこまで世話にはならない。と言わんばかりに、毛玉猫はそっぽを向いた。

しかし、そこで『きゅるるるる』と可愛い腹の音が鳴った。

「なんだー、お腹空いてるんじゃない。ちょっと待っててね」

カナタは湿った髪をタオルでターバン状にまとめ、バスタオルのままキッチンに立った。

魔物使いとなるべく勉強したカナタは魔物の食性にも詳しい。

胃腸が頑健な魔物は、動物と違って食べ物で体調を崩すことはない。

攻撃的で人を襲うので肉食と勘違いされがちだが、大抵の魔物は雑食性だ。

人と同じ食べ物を与えても問題はないとされている。

カナタが愛読している、『伝説の魔物使いアルバート・モルモが記したモンスター辞典（全部含めてタイトル）』にもそう書いてあった。

「牛乳とチーズはあったよね。だったらこれにしよう」

カナタはメニューを決めた。

フライパンにオリーブオイルを垂らし、細かく刻んだ玉葱《たまねぎ》を炒《いた》め、そこへ生米を投入し、さらに炒める。

カナタの住む王都は交易が盛んで、東方から食材の輸入も頻繁にされていた。この地域では、米は小麦と並んでポピュラーな主食である。

炒めている間に沸かしておいた熱湯を加え、米が膨らみ水面に顔を出すくらいまで水を吸ったところで、牛乳を注ぎ入れる。

温度を下げすぎないように少しずつ足して、しっかり牛乳の旨味《うまみ》を米に染み込ませていく。

牛乳の甘い香りが部屋を満たし、匂いに釣られた毛玉猫がカナタの足元で尻尾《しっぽ》をゆらゆらとさせていた。

「よしっ、アルデンテ！」

米の食感を確かめ、ほどよい柔らかさになったところで塩と胡椒《こしょう》を加えて味を調え、火を止める。

冷めてしまう前にチーズを急いですりおろし、かき混ぜてとろみが付くまで馴染《なじ》ませる。

皿に移して、完成だ。

「カナタ特製、ミルクとチーズのリゾットでーす！」

食卓にリゾットの入った皿を置いて、足元をうろうろしていた毛玉猫を抱き上げる。

「熱いからね、ふぅふぅしてから食べさせて上げる」

「め、メウー！」

そ、そんな恥ずかしいことが出来るかと言わんばかりに毛玉猫はジタバタするが、しょせん短い足なのでたいした抵抗にはならなかった。

「やっぱりわたしのご飯食べたくない？　美味《おい》しく出来たんだけどなぁ……」

カナタは悲しそうに眉《まゆ》をひそめる。

実際、カナタの作る料理は寮の女子たちにとって最大のご馳走《ちそう》だった。

寮で祝い事があったとき、各自で食事を持ち寄ってパーティを開くのだが、カナタの作った軽食は我先にと取り合いになり、あっという間に食べきられてしまうほどだ。

「め、メウゥゥ……」

毛玉猫もまた同様、リゾットから漂ってくる美味しそうな香りに鼻をひくつかせ、観念したように足をパタつかせるのをやめた。

「ふー、ふー。……はい、あーん」

スプーンですくって、ほんのり人肌程度まで冷ましたリゾットを毛玉猫の口へと運ぶ。

毛玉猫はリゾットとカナタを何度か見比べ、決心したようにスプーンにかぶりついた。

その瞬間、毛玉猫が総毛立つ。ビリビリと電撃が走り抜けたような衝撃だった。

「めっ、メウウウウウウッウウウウウウウッ⁉」

口にリゾットが入った瞬間、ミルクと米の旨味が舌の上に広がって、あまりの美味《うま》さに毛玉猫は絶叫する。

今まで雑草と虫を食べて生き延びていた毛玉猫には、天上の食物も良いところだっただろう。

カナタが食べさせてやるまでもなく、毛玉猫は食卓に飛び乗ると、一心不乱にリゾットを食べ始めた。

「あ、猫舌じゃないんだねー」

カナタは食卓に両肘《りようひじ》を突いて、リゾットにむしゃぶりつく毛玉猫を幸せそうに眺めた。

米の一粒まで残さず舐《な》め取った毛玉猫が、小さくけぷっとゲップをする。

「わー、残さず食べられて偉いねー」

よしよしと毛玉猫の頭をなでる。

どこからが頭でどこまでが体か分からないほど丸いが、耳が生えているからなでているところが頭で良いだろう。

「次はどうしよっか。お腹いっぱいになったしお昼寝でもする？　……モフモフと一緒にお昼寝？　最高かよ……」

どんどん夢が叶《かな》っていくカナタは、幸せの絶頂にあった。

『いや、眠くはないので、断らせてもらう』

「うん？」

今、誰が喋《しゃべ》ったのだろう。

『まともな食事を取ったことで、念話を飛ばすくらいの力は戻ったらしい』

この場にいるのはカナタと、黒い毛玉猫だけだ。

「もしかして、あなたが喋ってるの？」

『いかにも』

メウッ、と毛玉猫は胸（？）を張った。

『娘よ。よくぞ余の窮地を助け、傷を癒し、身を清め、食事の世話までしてくれたな。その献身に心より感謝する』

まるで王様のような喋り方だ。

実際この国の王と謁見したこともあるカナタの感想は正しかった。

『話さねばならぬことはいくつかあるが、まずは恩人に、余の名を告げねば話は始まらないだろう』

毛玉猫は尻尾をゆるりと動かし、正面からカナタを見据える。

『余の名は、魔王ザグギエル』

そして、その正体を明かしたのだった。

† † †

魔王ザグギエル。

念話を通してしゃべれるようになった毛玉猫は、自らをそう名乗った。

「魔王、ザグギエル……？」

きょとんとするカナタに、ザグギエルは自嘲《じちょう》気味に笑う。

『ふっ。今となっては、元魔王だがな。大昔に神に呪いをかけられたのだ。余はそれ以来、この貧弱な魔物の姿として生きてきた』

「魔王ザグギエル……」

『余の言うことが信じられないか？　まぁ、それもそうだろう。かつて暗黒大陸を支配した魔王が、こんな貧弱な魔物に堕ちているなど、笑い話も良いところだろうからな』

「魔王ザグギエル……」

『そうだ。元とは言え、余は人類の大敵だ。余の正体を知った以上、人として余を討つのが正しい行いだろう。それも覚悟の上で名乗った。この数百年、いや、生まれてこの方、余にここまで優しくしてくれた者は、貴公が初めてだ。貴公になら余は討たれても構わんと思っている』

「魔王、ザグギエル」

『……なんだ、娘よ。何故そう何度も余の名を呼ぶ？』

話を聞いているのかいないのか。

ブツブツと自分の名前を繰り返すカナタに、ザグギエルは怪訝《けげん》そうに訊《たず》ねた。

「魔王ザグギエル……。なら、ザッくんだね！」

『……なに？』

さっきから考え込んでいたのは、ザグギエルの処遇をどうするかではなく、どう呼ぶかについてだったらしい。

カナタにザグギエルを討つつもりなど当然なく、仲良くなるにはどうすれば良いか、そのことばかり考えていたのだった。

「よろしくね、ザッくん！」

『待て待て、娘よ。なんだその、ザッくんというのは……？』

「愛称だよー」

『あ、愛称……？　そ、そうか、人間にはそういう文化があるのだな……』

「可愛くてぴったりだと思うの！」

可愛い。

男にとっては、喜びがたい褒め言葉だ。

なんとも言えない微妙な顔をしたザグギエルに、カナタは目を輝かせて詰め寄る。

「ザッくんはザッくんって呼ばれるの駄目？」

『いや、うむ、まぁ、貴公がそう呼びたいのなら余は構わん。貴公には恩があるからな。好きに呼ぶが良いぞ』

威厳がまったく感じられない名前に、ザグギエルは思うところもあったが、喜ぶ少女に水を差すようなことはしたくない。

ザグギエルは魔王として寛容を示した。

「うんっ。ザッくん。わたしの名前はカナタ・アルデザイアだよ」

『そうか、余の恩人の名は、カナタというのか』

「うん、ザッくん」

『カナタよ』

「ザッくん♪」

『うむ、カナタよ』

「ザッくん♥」

『……うむ、名前は分かった。だからな』

「ザッくん♥♥♥」

『か、カナタよ。話を続けたいのだが……』

「ザッくんんんんん♥♥♥♥♥♥」

『近い近い。顔が近い』

瞳孔《どうこう》をハート型にして、ハァハァ言いながら近づいてくるカナタを、ザグギエルは短い前足で押しのける。

「はぁぁぁ、ちっちゃい肉球、気持ちいぃぃぃ……」

頬を押しのけられてなお、カナタは幸せそうだった。

『落ち着け、カナタよ。話が進まん』

「はーい」

大人びた外見とは裏腹に、どうにも子供っぽいところがあるカナタに、ザグギエルはやれやれと嘆息した。

『貴公が余を連れてきたのは、善意だけではなく、魔物使いとして余と契約を交わしたかったからであろう？』

「う、うん。下心ありありでごめん……」

『何を恥じる必要がある。余は貴公には感謝しかない。この恩は必ず返したいと思っている』

「それって、仲間になってくれるってこと？」

『……いや、残念だが、それは無理だ』

ザグギエルが首を左右に振ると、カナタは泣きそうな顔になった。

「どうして……？」

『貴公には恩があり、余もそれを返したいと思っている。だが、余はこのとおり何の力もない存在だ。カナタは魔物使いなのだろう？　力を失った余では貴公ほどの強者に相応《ふさわ》しくない。仲間にするのであれば、もっと強い魔物を探すのが貴公のため……』

「そんなの関係ないよ！」

カナタは思わず立ち上がった。

「わたしにはザッくんが必要なの！　強いか弱いかなんて関係ない！　お願い、ザッくん！　わたしの仲間になって！」

心からの願いを打ち明けられて、ザグギエルは目を瞠《みは》った。

『か、カナタ……、貴公は余を、必要としてくれるのか……？』

「うん、もちろんだよ！」

カナタにとって、すでにザグギエルはなくてはならない存在だ。

戦力ではなく、モフモフ要員として。

愛らしい目。小刻みに動く耳。柔らかい体。そして何より、ふわふわの毛。

全身どこを触っても気持ち良い。

これほど理想の仲間がいるだろうか、いやいない。

あの心地良さを知ってしまった以上、ザグギエルなしの生活など考えられなかった。

一日一モフ、いや、百モフはしないと、確実に禁断症状を発症してしまう。

仲間に戦闘能力など必要ない。必要なのはモフモフだ。モフモフがあれば短所など補ってあまりある。

ザグギエルはモフモフである。その事実だけでカナタには最高の仲間だった。

『か、カナタ。貴公はそこまで余のことを……！』

一方、ザグギエルはザグギエルで、感動に打ち震えていた。

カナタの胸の内を知らないザグギエルは、純粋に戦いの供として必要とされているのだと勘違いした。

『こんな余のことを、力を失った余を見捨てないというのか。貴公のもとでやり直す機会を与えてくれるというのか……』

力を取り戻し、また魔王として返り咲くことを信じてくれるというのか。

圧倒的な強者である少女が、お前のことが必要だと言ってくれたのだ。

ザグギエルは感激に涙が溢《あふ》れ出た。

『貴公の想い、確かに受け取った！　ここで応えなければ、魔王ザグギエルの名が廃《すた》るわ！　カナタよ！　余を貴公の仲間にしてくれ！』

「ザッくん！」

『カナタ！』

固い絆《きずな》で結ばれたふたりは、がっしと抱き合った。

その心はまったく通い合っていなかったが。

† † †

ひしと抱きしめ合ったふたりだが、その感動には大きな差異があった。

ザグギエルは、弱く醜い獣の姿となってしまった自分が、ふたたび魔王として返り咲くと信じてくれたことに感動している。

カナタは、ありとあらゆる動物に怖がられていた自分が、前世からの願いをようやく叶《かな》え、念願のモフモフと友になれたことに感動している。

ふたりは勘違いしたまま固い絆で結ばれることとなった。

『……ところでカナタ、その、そろそろ離れてくれないだろうか。若い娘と抱き合うというのは、余としても少々気恥ずかしいのでな』

いつまでも抱きしめてくるカナタを、ザグギエルはやんわり押しのけようとする。

「ザッくん‼」

『のわっ⁉』

押しのけた瞬間、押し倒された。

『か、カナタ⁉　ど、どうした⁉』

突然のことに驚いて、上になったカナタを見上げると、少女の瞳孔はまたしてもハート型になっていた。

「ザッくん！　ザッくんが悪いんだからね⁉」

『お、落ち着け！　余が気に障るようなことをしたのか⁉』

思い当たる節のないザグギエルは、困惑するばかりだ。

「ザッくんが悪いの！　こんなモフモフな姿でわたしを誘惑するから！　我慢なんて出来るわけないじゃない！」

『ゆ、誘惑⁉　貴公は何を言っているのだ⁉　目が怖いぞカナタ！　それに何故そんなに息を荒げている⁉』

「ハァハァ……ザッくん♥　ザッくん♥　ザッくん♥　ザッくん♥　ザッくんんんんっ♥♥♥♥♥」

『か、カナタぁぁぁぁぁぁぁぁぁぁぁっ⁉』

ザグギエルの腹にカナタが顔を突っ込み、そのモフモフを思うさま蹂躙《じゅうりん》する。

メゥゥゥゥゥゥッ！　っという悲痛な鳴き声と、ズゾゾゾゾゾゾッ！　という動物と触れあうときに聞こえていいものではない音が部屋に響き渡った。

このまま中身を吸い出されてしまうのではなかろうか、とザグギエルが不安になったとき、ドアが強くノックされた。

「カナタさん⁉　カナタ・アルデザイアさん⁉　部屋でいったい何をしているのです⁉　まさか男性を連れ込んでいるんじゃないでしょうね⁉」

外まで音が漏れていたらしい。

この声はさっき廊下で会った寮母だ。

「むー、カリモフクンスハするチャンスが……」

カナタはザグギエルの腹から顔を上げて、口を尖《とが》らせた。

『何が何だか分からんが、助かった、のか……？』

ザグギエルは主人《あるじ》となったカナタのことが、さっそく不安になってきた。

『いや、違うな。カナタが意味のない行動を取るとは思えん。もしや、これは新しい鍛錬方法なのか……⁉』

ザグギエルはカナタが戦う姿を間近で見ている。

巨鳥たちを一蹴《いっしゅう》する、圧倒的な身体能力。カナタがあれほどの強さを得るまでには、凄《すさ》まじい努力があったのだろう。

いくら素質があっても、並の鍛錬法ではあそこまで到達できない。今の謎の触れあいも、仲間を鍛える一環だったのだ。

彼女の鍛錬法の一端を、その身をもって伝授されたのだろう。

『うむ。そうに違いない』

さすがはカナタだ、とザグギエルは感心した。

全力で勘違いだった。

「着替えるのでちょっと待って下さい」

カナタはせっかくのモフモフタイムを邪魔されて、不機嫌にドアの向こうへ返事をした。

バスタオルをはずして、手早く学生服に着替える。

「き、着替えっ⁉　やはり男性を連れ込んで⁉」

「全然違います」

ドアを開けて否定する。

顔を真っ赤にさせて妄想に励む寮母を、カナタは冷たい眼差しで見下ろした。

モフモフを邪魔した罪は重いぞと言わんばかりだ。

「ふむ、なるほどなるほど……」

寮母はカナタ越しに部屋の様子を窺《うかが》って、特に怪しい気配や匂いはしないことを確認した。

「本当のようですね。やだ、じゃあ独りで……？　そういう時は声を抑えて頂かないと……」

「ちーがーいーまーすー。この子とモフモフしてただけです」

足元にやってきたザグギエルを抱き上げて、欲求不満気味の寮母に見せる。

「この子？　って猫⁉　ちょっと、寮はペット禁止ですよ⁉」

「ペットじゃありません。わたしの大事な仲間です」

ザグギエルは両手の上でお座りし、ゆるりと尻尾《しっぽ》を揺らす。

『お初にお目にかかる。余の名はザグギ――ではない。ざ、ザックんだ。今日よりカナタの仲間となった』

誰も彼もに魔王の本名を名乗るのはまずいと思ったザグギエルは、慌てて新たな名前の方を告げた。

しかし、寮母はそれどころではない。

「しゃ、喋《しゃべ》った⁉　ま、まさか魔物⁉　カナタさん⁉　いったい何を考えているんですか⁉　街中に魔物を入れるなんて⁉」

「大丈夫ですよ。わたし、魔物使いになったので」

「あ、そうなんですか、職業が決まったんですね。おめでとうございます。魔物使いの職能で仲間にした魔物なら安心ですね――って魔物使い⁉　あなたが⁉」

「どうしてみんな、そんなに驚くんでしょう」

すでに何度も見た反応に、カナタはやや辟易《へきえき》していた。

「それで、何か御用ですか？　何もないなら、ザックんとモフモフしたいんですけど」

『も、モフモフ……。あの鍛錬法はまだ続くのか……。いや、何を恐れることがある。これで強くなれるのなら望むところではないか。カナタよ、どんと来い！　貴公の技の全てを受け止めてくれるわ！』

「ざ、ザックん……！　そこまでわたしのことを……⁉　あんなモフモフやこんなモフモフまでしていいの……⁉」

『構わん！　いくらでもやれい！』

「ザックん……‼♥♥♥」

すれ違ったまま、また絆を深めるふたりに、寮母は咳払《せきばら》いをした。

「ちゃんと用はありますよ。カナタ・アルデザイアさん、学園長がお呼びです。至急、学園長室に来るようにとのことです」

† † †

王立ルルアルス女学園創立以来の才媛《さいえん》、カナタ・アルデザイア。

彼女が選定の儀で、数多の適性職業を蹴《け》って、魔物使いという底辺職業を選んだという噂《うわさ》は、またたく間に学園を駆け巡った。

「そんな馬鹿な！　とても信じられない！」

と、否定する者もいれば、

「あの聖氷の姫君が、そんな愚かな選択をするわけがないだろう」

と、冗談と受け取る者もいた。

しかし、カナタが魔物使いになったのは歴然とした事実である。

その場にいた神父や生徒たちが、儀式の瞬間を見ているのだ。

当然、教師たちの裏付けもあるとなれば、学園長直々の呼び出しは当然のことと言える。

才媛カナタ・アルデザイアへの注目はそれほど大きかった。

「それで、お話とは何でしょう？」

学園長室へ通されたカナタは、ソファにふんぞり返っていた。

モフモフを邪魔されたので機嫌はすこぶる悪い。

出された紅茶にも口を付けず、相対した学園長へ凍りつくような視線を送る。

「ま、まぁまぁ、そう急《せ》くこともないじゃないか。お茶菓子もあるよ？」

カナタの視線にさらされて、恰幅《かっぷく》の良い老人が引きつった笑みを浮かべる。

汗が先ほどから止まらないのは、室温のせいではないだろう。なにせ、さっきから震えが止まらないくらいだ。汗は汗でもこれは冷や汗だ。

ご自慢の口ひげも水気を吸って萎《しな》びてしまっている。

「フィナンシェに目がなくてねぇ。私が贔屓《ひいき》にしているこの店は、ほのかにブランデーを香らせる口溶けが最高なんだ。どうだね、ここはひとつ甘い物でも食べて、気分を和ませては……」

「結構です」

「ひえっ……！　ご、ごめんなさい……！」

一言で切って捨てられ、学園長は身をすくませた。

媚《こ》びるようにカナタをもてなす姿は、学園長とは思えない腰の低さだ。

それもカナタの圧力を前にしては仕方のないことかも知れない。カナタからすると機嫌が悪い程度のことでも、学園長にとっては寒波の中に裸で立つに等しい。

『カナタよ、そう威圧してやるな。格下を無意味に怯《おび》えさせるなど、貴公ほどの覇者がやることではない』

肩に乗ったザグギエルが、カナタの頬にそっと頭をすり寄せる。

「はわぁぁぁ……。ザッくんからのスリスリいただきましたぁぁ……！」

途端、氷河のごとき圧力は消え去り、カナタはだらしなく頬を緩める。

「か、カナタ・アルデザイア君……？」

学園長は我が目を疑った。

冷艶清美にして絢爛《けんらん》華麗。誰もが畏《おそ》れ敬う完璧《かんぺき》な超人。それがカナタ・アルデザイアという存在だ。

その彼女がこんな緩んだ顔を人前でさらすなど、あり得ない事態だった。

何か、精神的な病にでもかかったのかも知れない。

いくらなんでも、この変わり様は常軌を逸している。まるで幼児退行ではないか。

学園長は汗をだらだらと流しながら、目の前の光景に愕然《がくぜん》とした。

「ザックんがそう言うなら、ちゃんとお話するね」

『うむ、余の進言を聞き入れてくれて嬉《うれ》しく思う。強者たる者、弱者の言葉には耳を傾けねばならん』

ふんぞり返っているあの黒い毛玉は、彼女が捕まえたという魔物だろうか。

やはり、彼女が魔物使いになったという噂は本当だったのだ。

「で、ではさっそく本題に入らせてもらうがね……」

「はい、どうぞっ」

先ほどまでの機嫌の悪さはどこへ行ったのか、別人のように上機嫌になったカナタの様子を見て、学園長は話を切り出した。

「実は、キミが魔物使いを職業に選んだと聞いてね。それどころか、高等部への進学を取りやめたと」

「はい、どちらも事実ですよ？」

笑顔でカナタは答えた。

「そうなんだ……。事実なんだ……。嬉しそうだねぇぇぇ……」

「はい！　長年の夢を叶《かな》えられて最高です！」

「そうなんだぁぁぁぁぁ……」

学園長は頭を抱えた。

カナタの将来は約束されていたようなものだった。

選定の儀で、聖女などの稀有《けう》な職業を得て、高等部へ進学。

さらにその才能を磨き上げ、ゆくゆくは国の柱となる。

学園にいる者なら、誰もがカナタの将来に期待し、憧《あこが》れを抱いたものだ。

しかし、当人はまったく別の未来を見定めていた。

儀式の場にいた教師たちに話を聞いたところ、カナタは元々魔物使いになるためだけにこの学園へ入学したらしい。

最初から他の職業を選ぶつもりなど、さらさらなかったと言うことだ。

いや、どの職業を選ぶかは、本人の自由意思だ。それを周りがとやかく言うのはお門違いである。

本人の意思を尊重しない選定の儀など、神の思し召しにも反している。

しかし、しかしだ。

よりにもよって、魔物使いだけはないじゃないか。

能力は下がるわ、自分より強い魔物を仲間に出来るわけではないわ、良いところが何もない職業だ。

せっかくの才能をドブに捨てるようなものではないか。

しかし、先ほど入ってきた情報によると、カナタはさっそく街を出て高位の魔物を二匹も倒したらしい。

能力が下がっても、やはり天才は天才。ドブに捨ててもその才能はいまだ健在と言うことだ。選んでしまった職業のことはもうどうにもならないとしても、学園から手放すには、カナタは惜しすぎる生徒だ。

魔物使いになったからと言って、これまでの偉業がなかったことになるわけではない。

学園にはカナタに憧れて入学してくる生徒も多いのだ。

多いというか、ほとんどがカナタ目当てと言っても過言ではない。

支援者からの多額の寄付も、カナタの輝かしい成績に対する評価という面が大きいのだ。

カナタが高等部に進学しないことが知れ渡れば、寄付は止まり、入学希望者も激減するだろう。

学園の経営が困難になるところまで追い込まれる可能性すらあった。

故《ゆえ》に、学園長は必死だ。

決して逃してなるものか。と執念のこもった眼差しで奮起する。

「考え直してはもらえないかね？　キミほどの才媛が進学を諦《あきら》めるなど、我が校にとって、いや我が国にとって大損失だよ」

「そう言われましても、もう決めたことですし」

「しかし、勝手に進路を変えてしまうのは、学費を払って下さるご両親に不義理ではないかね？」

「お父さんとお母さんですか？」

「そう！　そうだとも！」

教師たちの話によれば、カナタが高等部に進学しないと言い出したのは、今朝になってのことだ。

親に相談もせず言ったことなら、両親をこちらの味方に付けて説得することも可能だろう。

「愛娘《まなむすめ》がこのようなことになっては、ご両親である剣神ボルドー様や大賢者アレクシア様も悲しまれる。そうは思わないかね？」

子供に対して親の恩を盾にする。

教育者にあるまじき姑息《こそく》な手段だった。

（卑怯《ひきょう》と罵《ののし》られようが、この学園を守るためならば、私は何でもする覚悟だ……！）

学園長は己の策に、にやりと笑う。

「あ、ぜんぜん大丈夫です」

が、駄目。

カナタはあっさり学園長の策を切り捨てた。

「両親はわたしが魔物使いになるためにこの学園を選んだと知っているので。逆に喜んでくれますよ」

「なん、です、と……!?」

まさかの両親公認だった。

「し、しかし、しかしだね……！」

「それに、うちには優秀な跡継ぎがいますし。娘が多少放蕩《ほうとう》したところで問題ありません」

優秀な跡継ぎ。

それを聞いて、学園長は顔を上げた。

「そう！　そうだった！　実はキミの弟君《ぎみ》も呼んであるんだ！」

学園長が光明を見いだしたのと同時に、ドアがノックされた。

「神命義塾中等部二年アルス・アルデザイアです。入ります」

キビキビとした動作で学園長室にやってきたのは、金髪碧眼《へきがん》の少年だった。

幼さは残るが、白い学生服がよく似合っている。

黒髪のカナタとはあまり似ていないが、同じように怖気を震う美形だ。

カナタには及ばないまでも、彼もまた不断の努力で素晴らしい成績を残している。

「おや、アルアルだ。おひさー」

「……姉上、その様子だと、猫をかぶるのはやめたのですね」

くだけた調子の姉を見て、弟であるアルスは全てを察した。

姉はかねてからの計画を実行に移したのだ。

「アルス君！　キミからも説得してくれたまえ！　それにさっきから彼女の様子がおかしいんだ！　口調も変だし！　終始にやけてるし！　なにか悪い病気かも知れない！」

すがりついてきた学園長の肩に、アルスはそっと手を置く。

「いえ、学園長、おかしくありません。そちらが素なのです。今までの姉は演技をしていただけです。元々実家では、ちゃらんぽらんな人でしたよ」

「つ、つまり、彼女は正気だと……？　正気でこんなことをしでかしたと……？」

「ええ、姉上は正気のまま、頭がおかしいんです」

「えー、ひどーい」

カナタはザグギエルを胸に抱いて、童女のように口を尖《とが》らせた。

「なんと言うことだ……」

学園長は絶望してうつむいた。

「説得のために僕を呼んだのであれば、残念ですが無駄と言わざるを得ません。なにせ姉は、僕が物心ついた頃には魔物使いになるつもりでしたからね。誰かに言われたくらいで、今さら考えを変えるわけがない」

「そ、そんな前から……!?」

「そんな前からです。なので僕はもう諦めました。アルデザイア家は僕が継いで守ります。学園長も、無駄なあがきはおやめになった方がよろしいかと」

切り札として呼び出した弟にとどめを刺され、学園長には打つ手がなくなってしまった。

呆然自失《ぼうぜんじしつ》としている学園長の横を通り過ぎ、アルスはカナタの隣に座った。

「姉上、この方が姉上がテイムした魔物ですか？」

「そうだよー。可愛いでしょー」

『ザッくんという。弟殿、よろしく頼む』

差し出された右前足を、アルスは指先で持って握手のように振る。

「また妙な名前を付けられましたね……。申し訳ない。姉は変わったあだ名を付ける癖があるのです」

『いや、これはこれで気に入っている。何も問題はない』

「懐が深いのですね。ザックん殿。色々と常識はずれの姉ですが、よろしくお願いします」

『矮小《わいしょう》なる身なれど、身命を賭《と》して守ることを誓おう』

毛玉猫に少年が深々と頭を下げる姿はシュールな光景だったが、本人たちは至って真面目だった。

「じゃあ、話は終わりで良いですよね？　学園長、戻って良いですか？」

ソファから立ち上がったカナタが、学園長に退出の許可を求める。

「ふ、ふふふ、ふふふふふふふ、まだだよカナタ君……。キミが考えを曲げないと言うのなら、こちらにも考えがある……！」

跪《ひざまず》いたままだった学園長が、ゆがんだ表情で顔を上げる。

それと同時に、部屋の扉が勢い良く開いた。

ぞろぞろと学園の教師たちが中へ入ってきて、カナタたちを取り囲む。

「何のつもりですか、先生がた？」

『今度は力尽くと言うことか？』

アルスが警戒して、カナタを守るように前へ出た。

ザグギエルも床に飛び降り、毛を逆立てる。

「カナタ君、キミが説得に応じてくれないのならば、致し方ない……」

「……本気ですか、学園長」

カナタが目を細めて問う。

「無論！　本気だとも！」

学園長は口角泡を飛ばして立ち上がった。

「先生がた！　アレをやりますぞ！」

「「「おおおおおおおおおおおおおおおおっ!!」」」

学園長の合図を聞いて、教師たちは雄叫びを上げた。

完璧に息の合ったタイミングで、両手を高く掲げ、跪き、勢い良く床に額をこすりつける。

そして、奥の手を言い放った。

「「「学籍だけでも置いて下さい!!」」」

それはそれは見事な土下座だった。

何としてもカナタというネームバリューを学園に残すんだという執念。

そして『あのカナタ・アルデザイアはワシが育てた』と言いたい欲望が全面に押し出された、見事な土下座だった。

「お、大人って凄《すご》い……。目的のためならば、ここまで出来るのか……！」

『くっ、これが人間のしたたかさか……！』

アルスとザグギエルは恥も外聞も捨てた教師たちにおののいた。

「ふふふ、これが大人の必勝法よ……！　どうだ若人《わこうど》……！　大の大人に土下座をされる気分は……！　もの凄く居たたまれないだろう……！　さぁ！　土下座をやめて欲しかったら条件を呑《の》むが良い！」

学園長は床に額をすりつけたまま、悪鬼のごとく笑った。

「いやうんあの、わたしの邪魔をしないなら、何でも良いですよ？」

「「「やったぜ‼」」」

そして、カナタは学園生でありながら学園にいないという仮面生徒となったのである。

† † †

「今度こそ、自由だー！」

カナタは腕を上げて背筋を伸ばした。

選定の儀で魔物使いになる確率を上げるためとは言え、規律の厳しい学校で上品に振る舞う生活は、思ったよりもストレスになっていたらしい。

今まで我慢してきた反動なのか、誰の目も気にせず素を出すようになり、子供っぽい仕草が目立つようになっていた。

「僕は落ち着きません。早く帰りたい……」

「はいはい、校門までちゃんと送ってあげるから」

「助かります。……呼び出されたのは、姉上のせいですけどね」

ルルアルス女学園はその名のとおり女子生徒しかいない学校だ。他校の男子生徒が廊下を歩いている姿を見て、女生徒たちが遠巻きにこちらの様子を気にしている。

アルスは姉に負けず劣らず、王子然とした美形の少年だ。注目を集めないはずがなかった。

キャアキャアと黄色い声で騒ぎ立てないのは、清楚《せいそ》にして優雅たれ、という本校の教えの賜物だろう。

その象徴とも言うべき存在だったカナタが、今やこの有様だが。

「はぁぁぁ……。ザッくんモフモフ、癒されるぅぅぅ……」

『か、カナタ。あまりそうなで回すな……。照れるであろう……』

「恥ずかしがってるザッくんも可愛いぃぃぃぃぃ……！」

これまでの凛とした姿勢から一転した、ふやけた様相。

女生徒たちが近づいてこないのは、カナタのこの変わり様を見て驚いているからかも知れない。

あれは本当に全校生徒が憧《あこが》れるカナタ様なのかと。

「ところで、姉上、自由は良いですが、これから何をなさるおつもりですか？」

「それはもちろん魔物使いになったんだから、魔物使いとして生きますとも」

「魔物使いとして生きる、とは？」

「沢山のモフモフと仲良くなって、楽しく暮らすことだよ！　むふー！」

カナタの前世からの願いは、ここに集約される。

モフモフを求め、モフモフと仲良くなり、モフモフのために生きるのだ。

「ふむ、つまり仲間集めの旅に出るのですね」

「そうだね。世界中のモフモフに会いたいね」

「女性の一人旅は危険、と言いたいところですが、姉上ですしね……。むしろ襲われるようなことがあれば、襲った相手に同情します」

「むー、弟が失礼すぎる」

「事実でしょう。本当に能力が低下しているんですか？　以前と変わったようには見えないのですが」

「うーん、そう？　下がってると思うよ、多分」

「自分でも分からないんですか……。やはり姉上はおかしいですね」

「可愛い弟がひどいことばかり言う……。お姉ちゃんは悲しい……。ザッくん、慰めて……」

『……頭でもなでれば良いのか？』

「なにそれ最高。ぜひお願いします」

短い前足を懸命に伸ばして、ザグギエルはカナタの頭をなでた。カナタのまなじりがだらしなく垂れ下がる。

アルスは幸せいっぱいのカナタの顔を見て、本人が幸せなら良いかと諸々《もろもろ》の心配事を放棄した。

「それでは、僕はこれで。旅先で落ち着いたら手紙でも下さい」

「え、それは面倒くさい」

「……猫かぶりをやめた途端、この姉は……」

「手紙なんて書かなくても、頻繁に帰ってくるつもりだし。お父さんとお母さんにもザッくんを紹介したいしね」

「分かりました。僕も夏期休暇のときは帰るつもりですから、その時はご一緒しましょう」

姉弟だというのに、律儀に頭を下げて、アルスは帰っていった。

「わたしたちも寮に帰ろっか。お店もそろそろ閉まっちゃうだろうし、旅の準備はまた明日だね」

外はもう日が沈みかけていた。

「帰ったら晩ご飯食べて、もう一回お風呂《ふろ》にしよ」

『また風呂に入るのか⁉　よ、余は遠慮しておくっ……！』

「えー、ザッくん、お風呂苦手なの？」

『そうではなく、若い娘が男と風呂に入るなどだな……！　余は今でこそこんな姿だが、元は魔王なのだぞ……！　入るなら一人で入るがいい！』

「まぁまぁ、気にしない気にしない」

『余が気にすると言っておるのだーっ‼』

ザグギエルの抗議も虚《むな》しく、この後たっぷり時間をかけて風呂に入った。

そして食事を済ませ、歯を磨き、寝間着に着替えてカナタは寝る準備を済ませた。

『余は床で良いぞ。外で寝ることに比べたら、室内と言うだけで天国のようなものだ』

「そんなの駄目だよ。ザッくんの定位置はここです」

カナタは自分がベッドに入ってから、掛け布団を持ち上げ、ザグギエルが入れる空間を作る。

「おいでおいでー」

『……断じて断る』

「えー。ぬくぬくだよー。ひっついて寝ようよー」

『断ると言ったら断る。……譲歩して、ここだな』

ザグギエルはカナタの枕のすぐ隣で丸まった。

「むーむー。あ、でもすぐそこにザッくんのモフモフがあって、これ良いかも」

そっぽを向いて寝てしまったザグギエルのお尻に、カナタは顔をうずめた。

「おやふみー」

『……まったく、窒息しても知らぬぞ』

「モフモフで窒息できるなら本望でふ」

カナタはザグギエルの柔らかさにうっとりしながら、夢の中へと落ちていく。

「ザッくん……。明日は色々買い物しようね……。欲しいものがあったら言ってね……」

『余は特に困っておらぬ。貴公のものを買えば良い。食うものも住むところも世話してもらって、これ以上何を望めというのだ』

「…………」

『寝てしまったか』

ザグギエルは起き上がり、カナタの布団を咥《くわ》えて、肩まで引っ張り上げてやる。

『まったく、脆弱《ぜいじゃく》な肉体め。布団一つ動かすのすら一苦労とは……』

何とか仕事を終えたザグギエルは、すやすやと眠るカナタの寝顔をのぞき込む。

「うへへぇ……ザッくぅん……」

楽しい夢を見ているのか、童女のように口元を緩めていた。

『……カナタよ。ふがいない従者だが、余を選んでくれたこと、心より嬉《うれ》しく思うぞ』

ザグギエルは、窓から見える月を見上げた。

『神の呪いがなんだ。余は必ず貴公に相応《ふさわ》しき強者へと返り咲いてみせる。明日からよろしく頼むぞ、カナタ』

そう言って、ザグギエルは数百年ぶりのまともな寝床で眠りに就いた。

† † †

翌朝、雀の鳴き声で目を覚ましたカナタは、窓を開けて雀に挨拶《あいさつ》をし、凄《すさ》まじい勢いで逃げられた。

「……そうだよね……。魔物使いだもんね……。動物に好かれるわけじゃないもんね……」

カナタは肩を落とした。

魔物使いになっても、カナタが動物に恐れられるところは変わっていなかった。原因は無意識に発せられる強者の覇気のせいなのだが、本人が気づく様子はない。

しかし、今日からはザグギエルがいる。

いくら動物に嫌われても平気なのだ。

『む、カナタよ。早起きなのだな』

カナタに遅れて目を覚ましたザグギエルが、短い前足を前に突き出して、ぐーっと伸びをする。

「はわわわわわっ！　可愛いっ、可愛いようっ……！」

カナタはその類い稀《まれ》なる記憶力によって、今の光景を脳の記憶の深いところに永久保存した。

『ええい、そうじろじろと見るな』

「分かった。ちらちら見るねっ」

『そういうことではないのだが……』

宣言どおりに、朝食の用意をしながらザグギエルの様子を盗み見てくるカナタに、ザグギエルの方が先に折れた。

『……前言は撤回する。落ち着かぬゆえ普通にしてくれ』

「やったー‼　ザッくん大好きーっ‼」

カナタはザグギエルを抱き上げると、思いっきり頬ずりする。

『それは普通ではない……！』

ひとしきりじゃれついた後、ぐったりしたザグギエルを肩に乗せ、カナタは街に出た。

昨夜話したとおり、今日は旅に必要なアイテムを買いそろえるつもりだった。

仮面生徒の身となり、退寮する必要がなくなったため、荷物は処分せずそのまま部屋に置いておくつもりだ。

「さぁ、ザッくん！　まだ見ぬ仲間を求めて旅に出発だよ！」

『待て待て、カナタよ。その格好のままで行くつもりか』

着の身着のまま、制服姿で荷物も持たず出発しようとしたカナタを、ザグギエルは耳を咥えて呼び止める。

「はうっ、耳ハムハムされちゃった……」

『聞くのだ、カナタよ』

「なぁに、ザッくん？」

『これから旅に出ようというのに、貴公はあまりにも準備不足ではないだろうか』

「え、そうかなぁ？」

カナタはその気になれば、軍の斥候部隊に入れる程度にはサバイバル技術も習得していた。

水の濾過《ろか》方法から、火のおこし方、食べられる動植物の見分け方まで。なんの装備を持たなくとも長旅をすることなど楽勝である。

しかし、そんなことを知らないザグギエルは、カナタに講釈する。

『長年外界を彷徨《さまよ》い続けた余が言うのだ。夜の森で野宿は寒いぞ。足場が悪い場所も当然あるし、鋭く尖《とが》った草や、触れるだけで火傷《やけど》のように爛《ただ》れる花もある。街中とは違い、外は危険でいっぱいだ。単なる強さだけでは生き抜くことは出来ない。ちゃんとした旅装を整えるべきだ』

「そっか、確かに旅の準備は大事だね」

ザグギエルのこれまでの苦労を想い、カナタは神妙に頷《うなず》いた。自分は大丈夫だが、ザグギエルはそうもいかない。

可愛いザグギエルに快適な旅を提供するために、良い旅道具を手に入れなければ、とカナタは心に誓った。

『分かってくれたか』

「うんっ、任せてザッくん。一番良い装備を手に入れてみせるからねっ」

ザグギエルの心配はカナタに届いていなかったが、結果的には旅装を整えることになった。

そしてふたりは喜び勇んで雑貨店へ向かい、現実的な問題に直面することになった。

「お金が、足りない……！」

カナタの望む準備をしようと思ったら、手持ちの金銭が桁《けた》三つは足りていなかった。

六歳から寮暮らしだったカナタは、衣食住にまつわるものは学園から支給されており、欲しいものも申請すれば現物で支給された。

故《ゆえ》に、現金は小遣い程度しか持ち合わせていなかったのである。

カナタ痛恨のミス。

これまでと同じように学園に申請すれば、ある程度はそろえられるだろうが、すぐさま用意してくれるわけではない。カナタは今すぐにでも旅に出たかった。

金銭に関しても当てがないわけではない。カナタに対して個人的に支援を申し出る王侯貴族は今まで何人もいた。

現国王もその一人だ。

父とも古い馴染みの王は、剣技大会で三連覇を果たしたカナタの大ファンだ。

甘やかしすぎて、ポケットマネーで寮を魔改造するほど、カナタを可愛がっている。

今から城へ行って国王に無心すれば、現金などいくらでも用意してくれそうだ。

しかし、カナタがこれから王都を出て諸外国を旅すると聞けば、必ず引き留めにかかってくるだろう。

旅立ちの邪魔をされるのは、もうこりごりだった。

「うーんうーん、どうしよう……」

事情を知ってもごちゃごちゃ言わずにポンと金を出してくれる知り合いはいなかっただろうか。

いっそ弟のアルスに借金を願い出るのはどうだろう。

カナタが最低な発想をしているとき、肩に乗ったザグギエルがメウと鳴いた。

『カナタよ。金がないのならば、稼げば良いのではないか？　人は労働の対価に金を得るものだろう？』

「‼　それだ！　ザッくん、頭良い！」

『頭の良し悪しというか。貴公に常識がなさすぎるだけだと思うぞ、余は』

前世でも病院生活だったカナタには、働くという発想がなかった。

「そうと決まれば、行き先変更！　今すぐにでも雇ってくれるところに心当たりがあるの！」

『ほう。ならば行こうではないか』

カナタたちは目的の場所へ向かって足を進めた。

† † †

そうしてカナタがやってきたのは、炎と剣が重なった看板が掲げられた建物だった。

「お邪魔します」

両開きのスイングドアを押し開けて、カナタは建物の中へ足を踏み入れた。

広い部屋には円状のテーブルがいくつも並び、何人もの客が座って酒や料理を楽しんでいた。

一見すると酒場だが、奥には銀行の受付のような場所もある。

職員の制服を身にまとった男性や女性が、列になって受付に並ぶ人々の相手をしていた。

『ここで働くのか？　確かに給仕の人手が足りていないように見えるが』

肩に乗ったザグギエルが、キョロキョロと見回しながらカナタに問う。

エールのジョッキを両手で八つも持って運ぶ女給はとても忙しそうだ。

「んー、働くというか、ここで仕事を紹介してもらう感じかな」

『ふむ、なにやら剣呑《けんのん》な気配をさせた者が多いな』

酒場で騒ぐ者も、受付の列に並んでいる者も、一様に鋭い目つきをしており、腰には何かしらの武器が吊《つ》るされていた。

明らかに堅気の人間ではない。戦闘を生業《なりわい》にする者たちだ。

「うん、ここは冒険者ギルドだからだね」

その名のとおり、ギルドとは訪れた者に冒険者の資格を発行し、各地からの依頼を斡旋《あっせん》するのが主な役目だ。

野盗に落ちてもおかしくないような人間も受け入れるが、同時に厳しい規律で縛ることもする。

問題を起こせば国法よりも厳しい処分が待ち受けている。

それでも社会の底辺にいる者にとっては、一攫千金《いっかくせんきん》をつかめるチャンスがある。

定職に就けないあぶれ者は大抵が冒険者となる。失敗して命を落とす者も多いが、成功して残りの人生を遊んで暮らす者も少なからずいた。

冒険者ギルドは民間の組織でありながら、国の犯罪発生率と失業率の低減に大きく貢献しており、その成果と必要性から、各国が後ろ盾に付いている大きな組織だ。

「冒険者の良いところは、成果を果たせば、その場で報酬がもらえることなの」

一定以上の実力を持つ者なら、軍に入って兵士として働くより、冒険者をやる方がよっぽど儲《もう》かるのは有名な話だ。

すぐに金銭が必要なカナタにとってはうってつけの場所だった。

『ふむ、つまりカナタはここで冒険者となるのだな』

「そういうこと。どのみち旅をしながら路銀を稼がなきゃいけないしね」

ザグギエルに説明してやりながら、カナタは列に並んだ。

『……カナタよ』

「なぁに、ザッくん？」

『妙に周囲から見られてはおらぬか』

「そうかな？　どうかな？」

学園では常に生徒たちからの視線を浴びていたカナタだ。

特に頓着《とんちゃく》しなかったが、ザグギエルの言うとおり、ギルド内はいつの間にか静まり返り、誰もがカナタのことを見ていた。

貴族の子女も多く通うルルアルス女学園の制服を着た、見目麗しい少女。荒くれ共が集まるこの場においては、明らかに不釣り合いな存在だった。

冒険者たちは『おい、来る場所を間違えてるぞって誰か教えてやれよ』と目線を飛ばし合う。

しかし、ここはギルド内だ。下手に声をかけて悲鳴でも上げられたら、ギルド職員に何を言われるか。触らぬ神にたたりなし。いらぬ世話を焼いて、ギルドからの評価を下げられては堪《たま》ったものではない。

冒険者たちは我関せずという態度を取りながら、カナタの動向をチラチラと盗み見た。

「次の方、どうぞ」

順番が回ってきて、カナタは受付嬢の前に立つ。

「はい、冒険者の登録をお願いできますか？」

「……あなたが、登録するんですか？」

受付嬢はカナタの姿を見て、少し目を大きくした。

大げさに驚いたりしなかったのは、ギルド職員としての矜持《きょうじ》か、定期的にやってくるおのぼりさんに慣れているからか。

「学校の制服を着ているようですが、学校はどうしたんです？」

「中等部は先日卒業しました。服は今これしかないので」

服装に興味のなかったカナタは、学生服以外の服はほとんど持ち合わせていない。

夜会用や儀礼用のドレスは持っていたが、そんなものを着てくるわけにもいかないだろう。

旅用の着替えも今日買うつもりだったのだが、金がないので今はどうにも出来ない。

「あの、学生だと冒険者にはなれないんですか？」

やはり、今からでも退学してこようか。

学園長が聞いたら泡を吹いて倒れそうなことをカナタは考えた。

「いいえ、冒険者ギルドは犯罪者でなければ誰でも受け入れます。ただし、冒険者たるに相応《ふさわ》しい実力があればですが」

受付嬢は机の引き出しから、一枚の紙を取り出した。

そこには依頼の内容と簡単な地図が記されている。

「街から少し離れた森に、薬草の群生地があります。ここへ一人で行って薬草を採取して帰ってこられる。最低限それだけの実力がなければ、最下位冒険者の資格すら与えられません」

受付嬢は、カナタを冒険活劇でも見て、影響されてしまった可哀想な子と判断した。

思春期にはよくある話だ。現実を知ればすぐに諦《あきら》めるだろう。

脅すように声を低くし、街を出ることの危険性を伝える。

「森に出る魔物はスライムやゴブリンが中心ですが、どちらもあなたが考えているより、ずっと恐ろしい魔物です」

ぐっと身を乗り出し、カナタの目を冷たく見つめる。

「スライムは、木の上に隠れて獲物を待ち、不意打ちをしてきます。突然頭の上から降ってこられたら、液体の体で窒息させられてしまうでしょう。そしてじわじわと体を溶かされながら食べられるのです」

事実、冒険に慣れた脱初心者が油断してスライムに溺死《できし》させられるのはよくある話だった。

「ゴブリンは、あなたのような女の子には刺激が強いかも知れないけれど、聞いて下さい」

受付嬢はゴブリンが他種族の女性を繁殖に用いることがあること、もし戦いに敗れて連れ去られたら、洞窟《どうくつ》の中で死ぬまでゴブリンの子を産まされることを教えた。

ゴブリンはかなり臆病《おくびょう》な魔物なので、そのような事例は数えるほどしかないのだが、受付嬢はカナタに諦めさせるつもりで脚色を加えて、臨場感たっぷりに語った。

カナタより、むしろ周りで聞いていた冒険者たちがドン引きしていた。

今日のクエストは注意して臨もうと、冒険者たちは身を引き締める。

「この話を聞いて、まだ冒険者になりたいと思いますか？」

「はいっ」

元気良く答えたカナタに、受付嬢は額を押さえて溜息《ためいき》をついた。

「……分かりました。当ギルドは来る者拒まず。あなたが希望する以上、止めることは出来ません」

受付嬢は紙をカナタに差し出し、羽ペンを渡した。

「ここにサインを。それで依頼を受けたことになります。薬草は持ち帰ってくれれば報酬をお支払いします」

「試験なのにちゃんと報酬も貰《もら》えるんですね」

「報酬を受け取ることも含めての試験です。まぁ、報酬と言っても本当に微々たる額ですが。本当に覚悟は良いのですね」

「はい、大丈夫です」

「それでは、ご武運を。カナタ・アルデザイア、さん……？　んん……？」

サインの名前を見て、受付嬢は眉《まゆ》をひそめた。

つい先日聞いたばかりの名前のような気がする。

何故か街の門番が賞金首の魔物を持ち込んできて、それを退治した者の名が確か……。

「行ってきまーす」

受付嬢が答えにたどり着くより早く、カナタはギルドを出ていってしまう。

「ちょっと待って下さい！　説明がまだです！　試験を監督する同行者が一人付くのが規則なんですよ！　誰か──」

監督官をしてくれる者はいないかと周囲を見渡すが、同僚も冒険者たちも、そろって目をそらした。

明らかに厄介そうな案件の少女に進んで関わろうとする者はいない。受付嬢はまんまと貧乏くじを引かされたのだった。

「ああっ、もうっ！」

薄情な同僚たちを呪いつつ、受付嬢は机の下に隠してあった細剣《レイピア》を鞘《さや》ごと引っ張りだし、パンプスから頑丈なブーツに履き替える。

「私が同行の監督官を担当します！　受付は誰か引き継ぎをお願いします！」

机を飛び越え、ブーツのつま先を床に打ち付けて調整し、受付嬢はカナタを追いかけた。

第3話　ドラゴン退治？　いいえ、とても簡単な薬草採取です！

「ちょっと待って下さーい！」

後ろから呼び止められて、カナタは足を止めて振り返った。

つい昨日もこうやって追いかけられたばかりだ。連日、人に追いかけられるのは、何故なのだろうか。

それはカナタが基本的に人の話を聞かず、どんどん先へ行ってしまうからなのだが、本人は知るよしもなかった。

「ハァ……ハァ……。おかしいですね……。鍛錬は欠かしていないんですが……」

追いつくまでにかなりの時間がかかって、受付嬢は不思議に思った。

カナタは静かに歩いているように見えて、風のように通行人を追い抜いていくのだ。

人通りの多い街中を走って追いかけるのは骨が折れただろう。

カナタを追いかけてきたのは、自分を担当してくれた受付嬢だった。

細身の剣を携え、靴も鉄板入りの頑丈そうなブーツに履き替えている。

「私は、メリッサ・シュトラウド。あなたの試験を監督させていただきます」

息を整えた受付嬢メリッサは、右手を差し出す。

「この試験は一人で行うものですが、もしあなたが不正をしたり、魔物に対応する実力がないと判明された場合は即刻試験は中止です」

「そのために監視する人が必要なんですね」

カナタは差し出された手を握り返す。

綺麗《きれい》な手だが、手の平は足の裏のように分厚かった。

剣を毎日振っていないと、ここまでの手にはならないだろう。

受付嬢がかなりの手練《てだ》れであることが分かった。

「そうです。説明をしようと思ったら、話を聞かずに出ていっちゃうんですから。依頼の内容は最後まで聞かないと、良い冒険者にはなれませんよ」

カナタにこういった説教を出来る者は、学園の教師にもいなかったので、カナタは新鮮な気持ちになった。

それからメリッサの姿を改めて確かめる。

三つ編みにして左肩から前に垂らした灰色の髪。瞳《ひとみ》はグリーンで、目元は優しそうだが、今はカナタを叱っているので少しつり上がっている。

背はカナタより少し低いが、肉付きはしっかりしていた。最初からギルドの職員では、こんな体つきにはならないだろう。明らかに鍛えられた体つきだ。

左手で鞘ごと握った細剣は細かい傷はあるがしっかり手入れされてあって、長く使い込まれているのが分かる。

剣とミスマッチなギルドの制服には防御力を期待できそうもないが、メリッサは最も重要な防具である靴を履き替えてきている。

クエストのほとんどを移動が占める以上、履き慣れた頑丈な靴を第一に選ぶのは実戦経験者だ。

「メリッサさんは、もしかして冒険者なんですか？」

「良い観察力ですね。ええ、その通りです。今はギルド職員の仕事をメインとしていますが、階級はＢ級です」

冒険者の階級はピラミッド型だ。

下位に行けば行くほど人数は多く、上位に行けば行くほど少なくなっていく。

最上位ともなれば、ほんの一握りだ。

Ｂ級であるメリッサは、名の知れた冒険者だ。荒くれ共の集まるギルドでは職員にも武力が求められる。その結果、冒険者がギルド職員にスカウトされることはよくあることだった。

「監督役は人手不足で、私が担当になることが多いんです。一応クエストとして貼り出してもあるんですけど、報酬が安いので誰もやりたがらないんですよね。……今回は特に。みんなそろって私に押しつけて……」

「へえー、そうなんですね」

後半はつぶやくような声だったのでカナタには届かなかった。

「まぁ、この制度自体が最近出来たものなんですが、意外と効果は出ているんですよ？」

冒険者の採用試験制度。

冒険者希望の人間に適性があるか試したり、同行者を付けて受験者が死なないようにしたり、そういった安全性にギルドが気を使うようになったのは、それなりに最近の話だ。

かつては希望すれば誰でもその場で資格を発行していたが、あまりに下級冒険者の死亡率が高いため、最低限のふるいにかけることとなった。

基本的に試験の監督役は、ある程度の実力がある冒険者に依頼がかかるのだが、報酬が良いわけではないので、やりたがる者は稀《まれ》だ。

結果、職員にお鉢が回ってくることになり、腕に覚えのある者や冒険者上がりの職員が担当することになる。

しかし、この制度のおかげで目に見えて下級冒険者の死亡率が下がったので、失敗とも言えない。欲を言えば監督役の報酬を上げるか、職員の数を増やして欲しいメリッサだった。

「と言うわけなので、今日はよろしくお願いします」

「はいっ、こちらこそよろしくお願いします！」

お互いに深々と頭を下げて、連れだって街を出る。

「基本的に、監督役は受験者のやることに口出ししません。明らかな不正や、命に関わるような危機に遭遇しない限りは、傍観に徹しますのでそのつもりで。魔物に襲われても自分で対処できないと意味がありませんから」

「はい、大丈夫です」

「大丈夫と言うには、あまりに準備不足だと言わざるを得ませんが……」

準備がどうこう以前の問題だった。

学生服を着たままだし、靴も普通の革靴だし、簡単な防具や武器すら身に着けていない。

これでどうやって魔物と戦うつもりなのだろうか。

冒険者志望と言うより、自殺志願者にしか見えなかった。

カナタの職業が魔術師であるという可能性もあるが、それにしても杖《つえ》すら持っていないのはどういうことなのか。

肩に乗せた黒い毛玉が気になるが、あれが何かの武器か防具だったりするのだろうか。

いずれにせよ、メリッサはその疑問を口には出さなかった。

監督役は受験者に有利になることも不利になることもしてはならない。

試験の合格に必要なのは結果だけだ。準備が万端であろうが、不足していようが、結果さえ出せばその瞬間からカナタは冒険者である。

「地図は持っていないようですが、森の位置は分かっていますか？」

「はい、覚えているので大丈夫です。ちょうど昨日も行ったところなので」

「そうですか、昨日も……えっ、昨日も？」

どういうことだろう。

今日はギルド職員の自分が同行していたから、門を出るときに呼び止められなかったが、普通は女学生が一人で何の装備も持たず街を出ようとすれば、門番に止められるだろう。

「それは、一人でですか？」

「いえ、兵士さんと一緒でした」

「ああー、そういうこと……」

カナタの答えに、メリッサは得心がいった。

この世間知らずのお嬢さんは、良いところの箱入り娘なのだろう。

護衛を付けて森を探検し、調子に乗って冒険者になれると勘違いしてしまったのだ。

森に入って少し怖い思いをすれば、すぐに泣き出して諦《あきら》めるだろう。

物語と現実は違うことを覚えて、少しは成長できるかも知れない。

(もしかしたら、森に着くまでに試験は終わりになるかも知れませんね)

森まではそれなりに距離がある。

柔い革靴を履いた少女の足では、すぐに歩き疲れてしまうだろう。

試験に落ちた受験生を街まで連れて帰るのも監督役の仕事だ。おんぶする相手が、細身の女の子で良かったなとメリッサは帰りのことをもう考え始めていた。

「あのー」

前を歩いていたカナタから声をかけられ、メリッサは我に返った。

「あ、はい、なんですか?」

「早く森に着きたいので、走っても良いですか?」

「え、走るんですか？　その靴で?」

「はい。もしかしたら、メリッサさんを置いていくことになるかも知れないので」

「置いていく？　私を？」

「はいっ」

おやおや、このお嬢さんは自分が英雄にでもなったつもりでいるらしい。

メリッサは口端が思わず上がりそうになったが、ギルド職員の矜持《きようじ》で堪えた。

本人は至って真面目なのだ。現実を思い知るまで付き合ってやるのが、大人の余裕というものだろう。

「思いきり走って大丈夫ですよ。これでも疾風のメリッサって呼ばれてるくらいには、脚に自信がありますから」

「そうなんですか！　良かった。じゃあ、ちょっと速めに走りますね」

「どうぞどうぞ」

メリッサはにこやかに答えて、地面が踏み砕かれる音を聞いた。

「……は？」

いかなる脚力をもって走れば、地面がひび割れるのだろう。

メリッサが音に驚いた直後、突風が背後から襲いかかってくる。

カナタのスタートダッシュがあまりに速かったので、真空が生まれ空気が巻き込まれたのだ。

土煙にメリッサがむせたときには、カナタはもう米粒より小さくなっていた。

「………。……夢かしら？」

メリッサはほっぺたをつねった。

普通に痛かった。両手でつねってみた。もっと痛かった。

「はっ⁉　こ、こんなことしてる場合じゃない！　追いかけないと！」

目の前の信じられない光景は、職務への責任によって、とりあえず脇に置いておくことになった。

「ま、待って下さぁぁぁぁぁぁぁいっ‼　前言は撤回！　前言は撤回ですぅぅぅぅぅぅっっ‼」

メリッサは大きく引き離された少女に停止を呼びかけながら、必死に追いかけた。

† † †

『カナタ、カナタ。少し待て』

「え、なにー？」

ザグギエルがカナタに声をかけるが、風を切って走るカナタの耳には届かない。

『仕方ない……』

ザグギエルは己の体を最も効果的な方法で使った。

頭をカナタの頬に寄せ、優しくすりつける。

「はわわわぁぁぁ……⁉　ザッくんスリスリ……‼」

カナタは走ることから、モフモフを感じることに意識が切り替わり、土煙を上げて急停止した。

『カナタよ、先ほどの試験官がついてきておらぬ。置き去りにするのは良くなかろう』

「モフモフー……モフモフー……」

『戻ってこい、カナタよ』

「はぅぅぅ……肉球ペチペチされちゃった……」

『ううむ、余の声が聞こえぬのは風のせいではなかったか。……まぁよい。このまま止まっておるならば良しとしよう』

ザグギエルはカナタの肩で神妙に箱座りし、ポンコツ化した主人の好きにさせた。

拾われてからわずか二日目にして、ザグギエルはカナタの扱い方をマスターしつつあった。

そうやってモフモフタイムを満喫していると、メリッサがふらつきながら追いついてくる。

疲労困憊《こんぱい》といった様子で、まともに歩くこともできていない。ふらふらと頼りない足取りでようやくカナタのもとまでたどり着いた。

「……！　………！」

カナタの顔を見て口を開くが、何かを言う気力もないようだ。

全身汗だくになって、ゼェゼェとあえいでいる。

「喉《のど》渇いてますよね？」

カナタが聞くと、メリッサは無言でこくこくと頷《うなず》いた。

全力疾走し続けたメリッサは脱水症状寸前だ。

しかし水筒を持ってきていない。見る限りカナタも持ち合わせていないようだ。

まさか聞いてみただけということはないだろう。

もしそうだとしたら、サディスティックにも程がある。

と思ったら、カナタの手にグラスが握られていた。

（いったい、どこから……？）

メリッサが不思議に思ったときには、グラスに水が満たされていた。

一瞬の出来事で、何が起こったのか分からなかった。

「はい、どうぞ」

喉がカラカラになっているところへ、目の前に差し出された清涼な水。

疑問や驚きは、飲み干した水によって流されていった。

「た、助かりました……ありがとうございます……」

礼を言って、メリッサは自分の失態を自覚した。

こちらから『全力で走って良いですよ』なんて煽《あお》っておいて、このていたらく。

カナタの目がなければ、この場で転がり回りたくなるほど恥ずかしかった。

受験生に助けられる試験官ほど情けないものはないだろう。同僚には決して見せられない姿だった。

「もう一杯どうですか」

「あう、えと……。……すみません。お願いします」

水分を失った体はまだまだ水を欲しがっていた。

空になったグラスをカナタに渡すと、ふたたびグラスに水が満たされる。

詠唱をしている様子はないが、水魔法を使っているのだろう。

よく見れば、グラスも氷で作られていた。

これほど透明度が高く、均一な厚さのグラスを氷で作るにはよほど精妙な魔力操作が必要となってくる。

「カナタさんは魔術師だったんですね……。その齢で無詠唱魔法を使えるなんて凄《すご》いですよ。相当な練度がなければ習得できないと聞いたことがあります」

あの異常な脚の速さも納得できる。

身体能力を向上させる魔法や、風を操る魔法を併用したのだろう。

二つの魔法を無詠唱で使いこなすなんて、相当なセンスを要する高等技術だ。

この少女は将来、凄《すさ》まじい魔術師になるだろう。

「いえ？　魔術師じゃありませんけど？」

「え、ええ⁉」

一瞬で否定された。

「じゃあ何故こんな高度な魔法を使えるんですか⁉」

「いっぱい頑張ったからですね」

「が、頑張ったんですか」

「はい」

魔法の勉強はしたが、職業は別のものを選んだということだろうか。

「あの、本来は正式に冒険者として登録するときにお聞きするんですが、カナタさんの職業はいったい？」

魔術師以外の職業を選んだからと言って、覚えた魔法が使えなくなることはない。

威力や精度に下方修正はかかるが、行使そのものは可能だ。

しかし、そうなると今度は、無詠唱で強力な付与魔法を使ったり、精緻《せいち》な水魔法を使えるのはおかしいという話になってくる。

「あ、失礼しました。先にこちらの職業から言うべきでしたね。私の職業は細剣士。剣士から進化した職業です」

職業は経験を積むことで、より上位の職業へと変化することがある。

メリッサは細剣を用いたスピード重視の戦い方を続けた結果、職業がランクアップした。

かの剣神ボルドーも、最初に得た職業は剣士だったそうだ。

ごく稀《まれ》に最初から上位職に適性がある者もいるそうだが、メリッサはまだお目にかかったことがない。

その稀少《きしょう》な適性を持つ者がカナタなのではないかと、メリッサは睨《にら》んでいた。

まだ中等部を卒業したばかりの少女が、こんな高等な魔法を使えるのは、よほど上位の職業に就いていなければ不可能だ。

魔術師の上位職である魔導士。いや、もしかしたら賢者の可能性すらある。

魔術師じゃないと言ったのは、もっと上位の職業だと暗に示しているのだ。

「わたしの職業は見たままの職業ですよ？」

職業を聞かれたカナタはきょとんとしている。

「……見たまま？」

そう言われても、カナタの外見は学生服を着たただの女学生だ。

艶《つや》のある黒い髪に、切れ長の目に黒い瞳《ひとみ》。女の自分でも見とれるほどの美人だが、特筆すべきはそれぐらいだろうか。

少々子供っぽい仕草はあるが、これくらいの年頃ならおかしいわけでもない。

自分が十五の頃なんて、もっと田舎娘丸出しだった。

他に外見で気になるものと言ったら、肩に乗った黒い毛玉くらいのものだ。

そう言えばあの毛玉はいったい何なのだろう。

最初にカナタが受付へやってきたときから気にはなっていたが、服の飾りか何かだと思っていた。

すると、毛玉がもそりと動いた。毛玉から三角耳がピンと立ったかと思ったら、大きな瞳と目が合う。

『余の名はザッくん。カナタの魔物をやっている』

「喋《しゃべ》った⁉　えっ、魔物⁉」

念話を送ることができて、人語を解するのはよほど高位の魔物だ。

しかし目の前の毛玉からは、そのような力は感じられなかった。

ギルド職員として大抵の魔物は知識として頭に入っているが、このような魔物は見たことがない。

カナタがどうやってこの魔物を手に入れたのか、メリッサは気になったが問題はそこではない。

魔物は人間に対して、無条件に敵意を持つ。

そんな魔物を仲間に出来るのは、たった一つの職業だけだ。

「まさか、カナタさん……！　あなたは……！」

「はい、魔物使いです」

「そ、そんな……！」

賢者ではなく、魔物使い。

あらゆる能力が下がる、最弱のハズレ職業。

間違っても、魔物使いだけは選んではいけない。子供でも知っているような常識だ。

わざわざそんな職業を選ぶ人間が実在していたとは。

「いやいや！　騙《だま》されませんよ！　魔物使いが高度な魔法を使えるわけがないじゃないですか！

おかしいですよ！　魔物使いの定義が乱れます！」

「頑張りましたから」

わめき立てるメリッサに、カナタはさらりと答える。

「が、頑張ったらどうにかなるものなんですか……？」

なるわけがない。

頑張ってどうにかなるのはカナタだけだ。

信じられないことだが、実在してしまっているのだから仕方がない。

魔物がカナタに懐いている以上、カナタの職業は魔物使い以外にあり得ない。

「元気になったみたいですし、先に進みましょうか。森はもうそこですよ」

驚きで口をパクパクさせているメリッサの手を引いて、カナタは歩き出した。

† † †

「ザッくん、大丈夫？　疲れてない？」

『肩に乗っているだけだからな。疲れるわけもない。出来ることなら自分の足で歩きたいが、今の余は人の歩く速度より遅いからな……。まったく、忌々しい体だ』

「わたしはいつでもモフモフ成分が補給できるから、ずっと乗ってて欲しいなぁ」

森を歩きながら、カナタはザグギエルに頬ずりする。

『そうもいかん。余はこれより（元のような強者へと）進化していかなければならぬのだからな』

「ええっ⁉　ここからまだ（モフモフへと）進化するの⁉　すごいすごい！」

『なにを言う。余の（最強への）道は始まったばかりではないか』

「（モフモフへの）道は始まったばかり……⁉　す、すごいよ、ザッくん……。どこまでわたしを魅了する気なの……！」

『見ていてくれカナタよ。貴公が信じてくれる限り、余はどこまでも昇り詰めてみせる！』

「うん！　信じてるよザッくん‼」

まったく噛《か》み合わないまま、絆《きずな》を深めるふたりの後ろで、メリッサは審査を行っていた。

「連れている魔物との関係は良好、と。魔物の知能も高く、理性的。街中で問題を起こすことはなさそうですね」

魔物使いは魔物を連れて街の中に入ることが許されているが、その分責任は重く、魔物が問題を起こせば重罪だ。

冒険者資格は剥奪《はくだつ》され、魔物は処分される。

これでも多くの人が住まう街中へ入れるというのは、寛大な処置だ。ギルドが出来るまでは、魔物使いは蛇蝎《だかつ》のごとく嫌われる職業だった。

ステータスが低い魔物使いが仲間に出来る魔物は、せいぜいが下級の魔物止まりで、制圧そのものは難しくないからこその許容だった。

「カナタさん。その魔物——ザックくんはどこで仲間にしたんですか？」

「ちょうどこの森ですよー。昨日、他の魔物にいじめられていたところを助けたら仲間になってくれたんです」

「なるほど。……ん？　昨日？」

昨日と言えば、この森で賞金首の巨鳥兄弟が退治されたはずだ。

気絶した二羽を引きずってきた兵士たちが、倒したのは自分たちではないとしきりに否定したそうだが、やはり目の前の彼女がその張本人なのではないだろうか。

「いやいや、まさか、そんなわけが……」

確かに素晴らしい魔法の使い手だが、実戦経験もないただの女学生が、上級冒険者すら返り討ちにしていた魔物を退治しているはずがない。

メリッサはふと浮かんだ想像を否定した。

「あっ、メリッサさん。魔物です」

カナタが指さしたのは、ちょうど通り道沿いに生えている木の枝だった。

「んん……？」

目をこらしてよく見れば、葉々の陰に水気のある光沢が見え隠れしている。

「あれは、スライムですね。よく気がつきましたね、カナタさん。素晴らしい観察力です」

魔物使いのステータス低減は視力などにも及ぶ。よくそれで見つけられたものだ。

メリッサはカナタの評価に加点した。

スライムは動きが遅いので、樹上へ登って獲物が来るのを待つという習性を持っている。獲物が通りかかれば、頭上から落下して、その粘液状の体を使って窒息死を狙うのだ。

熟練の冒険者でも不意を突かれて死ぬこともある。

弱いが侮れない相手だ。

「まぁ、普通に弱いので、正面から戦えば、子供でも棒きれで倒せちゃうんですけどね。ちょうど良い機会ですから、戦ってみてはどうです？」

こちらに察知されたことに気づいたのか、木の上のスライムは自ら落ちてきて、様子を探るようにブルブルと震えた。

『カナタよ。ここは余に任せてくれ』

逃げる様子のないスライムを見て、ザグギエルが立ち上がった。

「そんな。ザッくん、危ないよ」

『主人のために戦うのが、今の余の役目だろう。それにスライムごとき倒せずして、余の（最強となる）目標は叶《かな》わぬ！』

「（モフモフとなるのに）戦いが関係あるの⁉」

『おおいにある！　敵を倒せばその魂の一部は倒した者に受け継がれ、余を成長させるのだ！　頼む、カナタよ！　余の戦いぶりを見守ってくれ！』

「……分かった！　心配だけど、ザッくんの決意を邪魔しちゃ駄目だよね！　頑張って！　ちゃんと見てるから！」

『うむ！　貴公を背にするならば、百万の味方を得たも同然よ！』

カナタとザグギエルは、熱く目を輝かせながら見つめ合った。

「……うーん、そんな決戦前の空気を出すような相手ではないんですけども……」

メリッサはそんな二人を見て、目を半眼にした。

『征《ゆ》くぞ、スライム！　正々堂々と戦い、我が糧《かて》となれい！』

ザグギエルは、メウッと気合いを入れてカナタの肩から飛び降りる。そして着地に失敗してころころと転がり、目の前にいたスライムに飲み込まれた。

「ざ、ザッくん――――――っ⁉」

† † †

『ぐぅっ……！　余は、余は、スライムごときも倒せんのか……！』

「ザッくんは頑張ったよ！　次はきっと勝てる！　わたし、信じてるから！」

『か、カナタぁ……！』

涙目になったザグギエルを、カナタはよしよしとなでた。

あの後、カナタに救い出されたザグギエルは、水の魔法で粘液を落とされ、風の魔法で毛を乾かされていた。

ちなみにスライムは、カナタの貫《ぬ》き手《て》によって一瞬でザグギエルを体内から救出する様を見せつけられ、彼我《ひが》の戦力差に絶望してすごすごと逃げていった。

「そろそろ目的地かな」

ザグギエルを慰めながら歩いていたカナタが足を止めた。

「本当に地図を完璧《かんぺき》に覚えているんですね。方向感覚も申し分なし。正解です。ここが薬草の群生地ですよ」

メリッサがメモにさらなる評価を書き加え、満足げに頷《うなず》いた。

『あれではないか？』

ザグギエルが前足で指した場所には、他の雑草とは色や形が違う草が群生していた。

この草はそのままではほとんど回復効果はないのだが、他の薬草や魔物の内臓と混ぜ合わせて煎《せん》じれば、高い回復効果を得られるポーションを作ることが出来る。

クエストの目的である薬草はそのベースとなる重要なものだった。

「これを手に入れれば、クエスト成功なんですよね？」

「ええ、ですが無事に帰って手続きを終えるまでは、クエスト達成とは言えませんよ。それから……」

メリッサはつい答えを言いかけて、口を押さえた。

薬草採取のクエストだが、持ち帰る薬草の数は指定されていない。

一つでも良いし、全部でも良い。

ただし、受験者が薬草をどの程度持ち帰るかも、評価の対象になっているのだ。

（環境の保全も、冒険者の役目の一つです。己の儲《もう》けのためならば薬草の群生地を破壊しても良い、と考えるような人は冒険者には向きません）

根こそぎ持ち帰っても失格とはならないが、評価は大きく下げられることになる。

「やったね、ザッくん。薬草ゲットだぜ」

『ひと株だけで良いのか？　持ち帰った分だけ報酬が出るのだろう？』

薬草に付いた土を水で洗い流すカナタにザグギエルが問う。

「うん、でもわたしが全部取っちゃったら、次の受験者の人が困るかも知れないし、この草を食べる動物も他にいるかも」

（これも百点。ここまで完璧な受験者は初めてかも知れませんね）

メリッサは満足して評価を書き記し――不吉な気配を感じてペンを止めた。

「カナタさん！　気をつけて下さい！　何かが近づいてきます！」

『むっ、この気配は……⁉』

メリッサは鍛え上げた冒険者のセンスで、ザグギエルは野生の勘で、何か強大な者が接近してくる気配を察知した。

「二人とも、そこだとちょっと危ない」

そして、カナタは二人よりも早く動き出していた。

肩のザグギエルが落ちないように手で押さえ、素早くバックステップする。

さらに跳躍。メリッサの腰を抱いて、後ろへ大きく下がる。

不吉な気配は、頭上から降ってきた。

地面が爆発したかのような、突風と重い地響きを立てて、それは土煙の中から現れた。

鋼のような鱗《うろこ》に覆われた長い首、口から漏れる息吹は熱く、陽炎《かげろう》となって大気を歪《ゆが》ませている。

『やつは……！』

「ドラゴン……⁉　そんな、どうしてこんなところに……⁉」

森の木々よりも遥かに巨大な竜が、薬草の群生地を踏みにじり、カナタたちを冷酷に見下ろしていた。

† † †

「か、カナタさん……。騒がず、ゆっくりとそのまま下がってください……」

メリッサは震える声でカナタに呼びかけた。

試験は中止だ。もはやそんなことをしている場合ではない。

眼前で巨体をさらけ出すその存在は——竜《ドラゴン》。

飛竜《ワイバーン》や砂竜《ワーム》のような亜竜ではない。

四肢を持ち、翼を背中に生やす真性の竜だ。

A級の冒険者が集団で戦い、犠牲者覚悟で何とか追い払えるような相手だ。

『カナタ、すまない。やつの狙いは余だ。もっと早く貴公に話しておくべきだった』

二羽の巨鳥も、ザグギエルの命を狙っていた。

そしてあの竜を見て、ザグギエルは誰の命令でそれが行われているか理解した。

『あのドラゴンは余の元部下だ。だが、裏切り者によって操られているのだろう。明らかに正気を失っている。長きにわたって洗脳されたあの竜はもう命令を聞いて戦うだけの傀儡《くぐつ》だ。対話による説得は不可能だろう』

ザグギエルは総毛を逆立たせて、カナタを守るように立った。

『余では何の足止めにもならんだろう。だが、貴公より先に死ぬことだけはせん』

「GORURURURURU……」

竜の口から白い蒸気が漏れている。

体内に溜《た》められた燃焼性の液体が発火前に暖気されているのだ。

竜はすでに臨戦態勢に入っていた。

『征くぞ！　ドラゴン！』

ザグギエルは勇気を振り絞り、ふしゃーっと威嚇した。

「ざ、ザッくん危ないよ！」

『止めるなカナタ！　男には引けぬ時がある！　それが今だ！』

カナタにはザグギエルの気持ちが分からなかったが、それがとても大切なことなのは伝わった。

「うん、分かった！　止めないよザッくん！」

カナタはザグギエルを止めない。代わりに、全力で応援することにした。

具体的には、持ちうる付与魔法を全部ぶち込んだ。

「ザッくん頑張れー！」

かけ声とともに多種多様な魔法陣が出現し、ザグギエルの攻撃力防御力素早さ体力魔力の全てを、限界を超えて引き上げる。

『お、おおおおお……！　力が、力が溢《あふ》れてくる……！　今までの百倍、千倍、いや一万倍は強くなっている……‼』

カナタの付与魔法を浴びて、ザグギエルの全身から赤いオーラが吹き出した。

『この力ならば、やれる！』

ザグギエルは赤く燃えながら、竜を睨《にら》みつけた。

『見ていてくれカナタ！　余の勇姿を！』

赤い軌跡を刻みながら、ザグギエルは竜に突貫する。

『うおおおおおおおおおおおおおおおおおおっ‼』

勇ましく咆哮《ほうこう》を上げ、竜の顔面に渾身《こんしん》の体当たりをお見舞いする、直前に竜の鼻息一つで押し返された。

『ぬおおおおおおおおおおおおおおおおおおっ⁉』

ころころと転がってカナタのもとに戻ってきたザグギエルは、ボールのようにカナタに受け止められた。

「お帰りザッくん」

『こ、これだけ、これだけ強化されても、余はドラゴンの足元にも及ばないのか……！』

一万倍強くなってもザグギエルはザグギエルだった。元の力が弱すぎて、強化が意味をなしていない。

「そんなことない！　ザッくんの圧勝だったよ！」

竜なんて鱗まみれでちっともなで心地が良さそうじゃない。モフモフであるだけでザグギエルは勝っているのだ。竜などザグギエルの足元にも及ばない。ザグギエルのモフ度は圧倒的なのだ（カナタ視点）。

『か、カナタぁ……』

よよよ、と泣きつくザグギエルをカナタはよしよしと慰める。

ふたりが緩い空気を出す一方、メリッサはそれどころではなかった。

「なんとか、カナタさんたちだけでも逃げる時間を稼がないと……！」

竜の危機は依然去っていない。

メリッサは震える手を押さえて、長年連れ添った細剣《レイピア》を引き抜いた。

竜の硬い鱗は鋼の武器など通さない。

強靭《きょうじん》な四肢と鋭い爪から繰り出される攻撃は、かするだけで即死する。

灼熱《しゃくねつ》のブレスは広範囲を燃やし、森の木々など隠れる盾にもならないだろう。

「唯一の勝機があるとしたら……逆鱗《げきりん》だけ」

無敵の存在とも言うべき竜だが、弱点とも呼べる場所が存在している。

それは顎《あご》のすぐ下にある逆さに生えた大きな鱗のことだ。

正確には逆鱗そのものは他の鱗より硬いのだが、逆さに生えているため鱗との間にわずかな隙間が生まれている。

顎の下という急所を守るために発達した鱗が、かえって竜に弱点を生み出していた。

「私の細剣なら、その隙間を縫って貫ける、はず」

この剣はミスリル銀を鍛えて作った特別製だ。

竜の鱗さえ避ければ、硬い肉にも阻まれず急所を穿《うが》つことが出来る。

だが、その急所は木よりも高い位置にある。

首が下がったところを狙わなければ、剣先を届かせることすら叶わないだろう。

「竜はブレスを吐こうとしている。吐く瞬間に頭を大きく下げるはず。その瞬間を狙えば……！」

竜相手に後《ご》の先《せん》を狙う。

たかだかB級のメリッサには荷が重い仕事だった。

それでもやらねばならない。

カナタは逸材だ。素晴らしい素質を持っている。ここを生き延びれば、必ず良い冒険者になれる。

命を捨てて後進に未来を託すのも、冒険者の務めだ。

（私が、守らなければ……！）

メリッサは細剣の握りを確かめ、体重を少し前傾に移した。

（一歩でカナタさんを横手に突き飛ばし、二歩でブレスをかいくぐり、三歩で逆鱗の隙間を貫く）

カナタの連れている魔物まで助ける余裕はない。

あの小さな体でブレスが当たらないことを祈るしかなかった。

竜の蒸気はますます熱量を上げ、縦に長い瞳孔《どうこう》を持つ瞳《ひとみ》が殺意をみなぎらせていく。

数秒以内に、間違いなくブレスは吐かれるだろう。

（見ろ……見ろ……見ろ……！）

竜がブレスを吐くタイミングを見誤れば、全員まとめて灰も残らず燃え尽きるだろう。

その瞬間を見誤らぬよう、メリッサは集中力を高めた。

「あの、メリッサさん」

その時、場にそぐわぬ呑気《のんき》な声で、カナタが声をかけてきた。

「は、はいっ……？」

よりにもよってこのタイミングで声をかけられると思っていなかったメリッサは、思わず集中を途切れさせてしまった。

「まずっ……⁉」

ブレスが吐かれる。

竜は頭を高々と掲げ――ブレスの代わりに絶叫を吐き出した。

「ＧＯＧＵＲＵＡＡＡＡＡＡ⁉」

それは予期せぬ激痛に悲鳴を上げたようにも見えた。

「えっ⁉　なに⁉　なにが起きたの⁉」

竜はその巨体をひっくり返し、血を吐くようにのたうった。

「メリッサさん、逆鱗って、これですか？」

振り向いたカナタの手に握られていたのは、大きな鱗だった。

「ど、どうやって……⁉」

「普通に走って、ジャンプして、つかんで、えいっ、て」

「え、ええー？」

まっすぐ竜だけを見ていたメリッサが、目で捉《とら》えることも出来なかった。

どんな速度で動けばそんなことが出来るというのか。

「GURORORＯＯＯＯＯ‼」

転げ回っていた竜が、ゆっくりと起き上がった。その眼は憤怒に染まっている。

逆鱗に触れるという言葉があるが、逆鱗をはがされた竜の怒りはいったいどれほどのものだろう。

絶対に殺してやるという殺意を向ける竜に対し、カナタはその威容をしげしげと眺めた。

「う～ん、モフ度ゼロ。ダメダメだね」

興味なしといった様子で、カナタは溜息《ためいき》をついた。

「GAROOOOOOOOOON‼」

緊張感の欠片もない姿を挑発と受け取った竜は、怒りのままにブレスを吐き出した。

「危ないことしちゃ駄目だよ」

小さな子を叱るようなその声と同時に、カナタは片手を前に突き出した。

そして多重に魔法陣が出現し、竜のブレスを受け止めた。

「え、ええええええええっ⁉　ドラゴンのブレスを受け止めたぁぁぁぁぁっ⁉」

メリッサは絶叫する。どんな高位結界魔法を使えばそんな奇跡が起こせるのか。

灼熱の火炎はカナタの手前でせき止められ、その熱すら先へ進むことが出来ないでいる。

いや、止めただけではない。押し返している。

その魔法陣は防御のために発生したものではなかった。

「火は熱くて火傷しちゃうから気をつけないと。ほら、こんな風になっちゃう」

カナタが告げると同時に、竜のブレスに倍する炎が出現した。

爆発的に膨らんだ炎がブレスを飲み込み、その勢いのまま竜の顔面の横を抜けて、のどかに流れる白雲を貫き、空を群青色に染めた。

「GO、GORURU……」

頬の鱗《うろこ》を焼け焦がしながら、真っ青に晴れ渡った空を見上げた竜は、その圧倒的な力の差に絶望し、気を失った。

巨体が重たい音を立てて倒れ伏す。

「危うく山火事になるところでしたね、メリッサさん。大丈夫ですか？」

呆然《ぼうぜん》としているメリッサに声をかける。

「だ、大丈夫と言うか……大丈夫と言うか……大丈夫って言うか‼」

我に返ったメリッサはわなわなと震え始めた。

目の前で起きた現実が信じられない。

何なのだこの少女は。竜と正面から戦い、それを打倒したというのに、カナタにはなんら気負った様子がない。

代わりに洗濯物干しときましたけど、ぐらいの気安さだ。

「何なんですか！　何なんですか！　たった一人で！　真性の竜を倒すなんて！　しかも何ですか今の魔法⁉　あんな大魔法を放てる魔術師は世界中探してもいないですよ⁉　カナタさん！　あなたいったい何者なんですかぁぁぁぁぁぁぁぁぁっ⁉」

パニックになっているメリッサに、カナタは優しく微笑んだ。

「魔物使いです」

第4話　悪霊退散？　いいえ、ただの下水掃除です！

「ザッくん、あーん」

『……あーん』

「美味《おい》しい？　美味しい？」

『う、うむ。美味《うま》いが、カナタよ、余は赤子ではないのでな。この食べ方は少々恥ずかしいのだが……』

ザグギエルは居心地が悪そうに、口に入った肉を咀嚼《そしゃく》した。

「いいからいいから。はい、あーん」

カナタは自分の食事はそっちのけで、ザグギエルの口にスプーンを差し出す。

『これも主人への忠誠か……。カナタのために命を懸けて戦う覚悟はあるが、こんな辱めは覚悟していなかったぞ……』

竜《ドラゴン》を倒し、薬草を持ち帰ったカナタたちは、ギルド横に設《しつら》えられた酒場で遅めの昼食を取っていた。

食事時がズレているためか、酒場にはカナタたち以外の姿はない。

静かなテーブルで、カナタは思う存分ザグギエルの世話をした。

一方、ギルドはてんやわんやの大騒ぎだ。

「だから！　本当なんですってば！　本当にドラゴンが出て、それを彼女が倒したんです！　現場を見てもらえれば分かります！」

「う、うむ。キミから報告を受けて、冒険者に調査させているが……。彼らが帰ってこないことにはだね……」

メリッサがギルド長に詰め寄り、先ほど起こった事件の顛末《てんまつ》を説明していた。

メリッサは真面目で優秀な職員だ。冒険者としても名を馳《は》せている彼女が嘘《うそ》をつくとは思えないが、あまりに話す内容が常識外れなのだ。

ギルド長もその内容をなかなか信じることが出来ないでいた。

お嬢様学校からやってきた十五歳の少女が、冒険者になるための試験を受け、それを満点で合格するだけではなく、突如飛来した竜を倒してしまうなど。

大衆向けの劇作家でさえ、こんな荒唐無稽《こうとうむけい》な脚本は書かないだろう。

期待の新人などというレベルではない。竜を単身で倒せるなど、A級冒険者どころか、世界でも数人しかいないS級冒険者以上ではないか。

その時、冒険者がスイングドアを壊す勢いで飛び込んできた。

「ほ、本当だ……！　メリッサちゃんの言ってることは全部本当だった……！　森に見たこともねえ程の巨大なドラゴンが……！」

全力で走ってきたのだろう。

力尽きた冒険者は、それだけ言うとバタリとその場に倒れ込んでしまった。

「ほら！　カナタさんは凄《すご》い冒険者になりますよ！　逃がす前に登録を！」

「ま、まさか本当にそんな人間がいるとは……」

めまいを覚えたギルド長は、ふらつく足取りで他の職員に書類をそろえるように伝えた。

「それからドラゴンも回収せねばならん。やれやれ、昨日の巨鳥の件もまだ片付いていないというのに……」

ギルド長はメリッサと連れだって、食事をするカナタのところへと赴く。

「カナタ・アルデザイアくん、だったね」

「はい。どうですか？　わたし、冒険者になれそうですか？」

「なれるもなにも……」

「駄目でしょうか……。薬草の群生地、駄目にしちゃいましたもんね……」

「えっ？」

「他にお金を稼げる仕事を探さないとね。行こっか、ザッくん……」

ザグギエルを抱き上げて席を立つカナタに、ギルド長は焦った。

「待った待った！　合格！　合格だよ！　いま手続きをしているところなんだ！」

両手で待ったをかけたギルド長は、そのまま受付へと案内する。

「そうなんですか！　良かった！　あ、だったらこれの買い取りもお願いします」

そう言うと、カナタは何もない空間から薬草を取り出した。

「……今、なにをやったのかね？」

「？　薬草を取り出しました？」

「そうではなく！　いったいどこから⁉　今のは空間魔法じゃないのかね⁉」

「はい、そうですよ。わたしはアイテムボックスって呼んでますけど、便利ですよね」

「便利って！　空間魔法は賢者のみが扱える超高等魔法だよ⁉　キミは賢者だったのかね⁉」

「いえ？　魔物使いですけど？　ほら、証拠です」

『ザッくんという。よしなに』

目の前にザグギエルを突きつけられて、ギルド長は頭がおかしくなりそうだった。

「魔物使いがなぜ空間魔法を使えるんだね⁉」

「頑張って覚えたから？」

「頑張って⁉　頑張って覚えられたら職業の必要性はなくなってしまう‼」

「ほら、いつか魔物を仲間にしたときに、おやつとかオモチャとかたくさん運べたら便利じゃないですか。だから頑張って覚えたんです」

「そんな理由で超高等魔法を⁉」

「ギルド長、ギルド長。そのくだりはもうやりましたから」

顔を真っ赤にしてのけぞるギルド長を、メリッサがどうどうとなだめる。

「カナタさん、あなたが色々と規格外であることはよく分かりました。あなたが何者であろうと、当ギルドに於《お》いて貴重な戦力がやってきたことに違いはありません。ぜひ、冒険者になって下さい」

「はいっ。こちらこそよろしくお願いしますね、先輩っ」

「せ、先輩……。一瞬で階級を追い抜かれそうなので困りますね……。ではこちらへどうぞ。係の者に書類を作成させますので」

案内されたテーブルでは、書類一式をそろえた別の職員がカナタを待っていた。

やや緊張した面持ちで、ギルドのルールや契約内容を説明していく。

「あとはこの書類に名前、経歴、職業をお書き下さい。こちらの書類はギルドで厳重に保管し、誰にも閲覧できないようにします」

カナタは言われたとおり、書類に手早く記入していった。

「あの、この経歴のところって何かの賞を取った場合も書かないといけないんですか?」

「もちろんです。階級の査定にもプラスされますので、書いておいた方がお得ですよ」

「うーん、全部書くには記入欄が足りないので、大きいものだけでもいいですか?」

「そんなに沢山の受賞歴が? さすがドラゴンを倒すほどの方ともなると、普通の人とは違い、ます、ね……?」

王国剣技大会優勝・王国魔法大会優勝・王国弓術大会優勝・王国魔導理論賞受賞……。

「きょ、虚偽の記載は犯罪ですよ! 王国剣技大会なんてついこないだあったばかりで……って、あれ? あなたはカナタ・アルデザイアさん?」

「はい、最初からそう名乗ってますけど」

きょとんと答えたカナタに、職員はのけぞって指さした。

「ぎ、ギルド長！　メリッサさん！　この人、あのカナタ・アルデザイアですよ！　剣技大会三連覇の！　一撃も相手の攻撃を受けることなく、逆に一撃で相手を制したというあの！　剣神ボルドーの生まれ変わりとさえ言われているあの！」

「ああっ！　本当だ！　雰囲気がまるで違うから気がつかなかった……！　もっと氷の刃みたいな雰囲気じゃなかったかね……⁉　間違ってもこんなぽややんとした表情をするような人物ではなかったはずだが……」

「でも同じ顔ですよ！　私もどこかで見たことがあるなぁと思ったら……！　というか、カナタ・アルデザイアって昨日の巨鳥を倒した人では⁉」

三人は揃《そろ》ってのけぞった。

「え？　メリッサさんには話したじゃないですか。ザッくんをいじめてた魔物がいたって」

「巨鳥のことだと思うわけないでしょぉぉぉぉぉぉっ‼」

メリッサは机をバンバンと叩《たた》いて叫んだ。

「あと、そうそう、父はまだ生きていますよ？　なので生まれ変わりじゃないです」

「え、まさか、剣神ボルドーって」

「はい、わたしのお父さんです」

「「「ええーっ⁉」」」

三人は一斉にひっくり返った。

「そ、そう言えば同じ家名じゃないですか……。ということは大賢者アレクシア様は……？」

「お母さんです」

「なんと……。強いわけだ……。剣技や空間魔法はご両親に教えを受けたのだね？」

「いえ？　父が剣を振っているところも、母が魔法を使っているところも見たことがないですね」

優しいことが自慢の両親が、偉大な人物であることを知ったのは王都に来てからだ。

むしろ二人とも家にずっといるので、楽隠居しているのだと思っていた。

「逸材だ……。逸材すぎる……！　逃がすわけにはいかんぞ、メリッサ君……！」

「だから最初からそう言ってるじゃないですか！　巨鳥とドラゴンの報酬も用意しないと！　金庫からあるだけ出しても足りるか分からないですよ！」

やいのやいのと二人が騒いでいる間に、カナタは書類を書き終えた。

「これでいいですか？」

「はい！　承認します！　これでもうあなたは冒険者です！」

殴りつける勢いで職員は判子を押す。

ギルドは万年人不足である。

これほどの逸材を逃がしてなるものか、という気迫がこもっていた。

「しかし、最初の階級はどうするかね。すでにS級以上の実力なのは分かっているわけだし、最初からS級資格を与えても良いと思うのだが」

「規約だと、試験で満点を取った受験生は二階級上げてD級からのスタートになりますが、確かにカナタさんは規格外ですしね。特例としてS級でも良いのでは」

盛り上がる職員たちを、カナタは制止する。

「ずるは駄目です。ちゃんと規定どおりでお願いします」

「そ、そうかね？」

「はい、あと報酬もいりません」

「「「何故⁉」」」

報酬の額は、王都に家くらいなら楽々建てられるほどだ。

受け取らない理由などあるはずがない。

それでもカナタは固辞した。

「冒険者になる前の話ですし。何よりわたしが受けた依頼は薬草採取ですから、この薬草だけ買い取って下さい」

カナタはモフモフモフマニアなだけで、それ以外は公平で清廉潔白な性格をしていた。

ただそのモフモフへの想いが常軌を逸しているのが問題なのだが。

『それでこそ、余の主よ。覇道は自らに恥じるところなく、己が力で進まねばな！』

絶賛その餌食となっているザグギエルがうんうんと頷《うなず》く。

「えへへー、ザッくんに褒められたー」

カナタはザグギエルを抱きしめ、頬ずりした。

『カナタよ、それは恥ずかしい』

「自らに恥じるところはないから良いのです！」

† † †

ここは人間の住む大陸と大海を挟んで対岸にある、暗黒大陸と呼ばれる場所。

魔族が支配する、魔物たちの血と争いの楽園に、その城は建っていた。

「なんだと……⁉ 巨鳥兄弟に続いて、ドラゴンまでもが返り討ちに遭《あ》っただと……！」

報告を聞いた魔族の男が、玉座の肘置《ひじお》きを叩いて立ち上がる。

「はっ。遠見の魔法を行った部下によると、魔王様――失礼、元魔王ザグギエルが連れていた人間の女が戦っていたそうですが……」

「人間ごときが相手になるような者どもではなかったであろう」

巨鳥兄弟は人間界で魔王捜索の任を与えて以降、あちらで随分恐れられていたようだし、竜は魔法で思考力を奪っていたとは言え、戦闘力は変わらずだ。

たかが人間の女一人に倒されるはずがない。

「ですが、ザーボック様。事実、送り込んだ者たちは全て倒されてしまっています」

「ならばやはり、ザグギエル本人に倒されたと考えた方が筋が通る。遠見の魔法は精度が悪い。海を挟むほどの遠方ともなれば、見間違えてもおかしくなかろう」

「確かにおっしゃるとおり。ご慧眼《けいがん》、感服いたします」

「ザグギエルめ……。すでにそこまで力を取り戻していたか……」

魔族が支配する暗黒大陸から、海を挟んだ人間の大陸へと魔物を送り込むには、辺境を守る防衛軍の目を避ける必要があった。

人間は弱いが数が多い。

暗黒大陸を除く全ての大陸に版図を広げている以上、個としては貧弱でも、種としては魔族よりも強大と言わざるを得ない。

本格的な侵攻を始めるまでは、こちらの動向を人間に悟られるわけにはいかなかった。

そのため飛翔《ひしょう》能力を持つ魔物を選出し、人間界へと派遣したのだが、立て続けに返り討ちにされるとはザーボックも予想していなかった。

「魔王という暗黒大陸を支配する存在がいなくなり、各地の強大な魔族が覇を唱えて数百年。いまだ次代の魔王は決まっておらぬが、ザグギエルが力を取り戻せば、暗黒大陸はふたたびやつのものとなろう。そうなる前にやつを殺さねばならん。暗黒大陸中を探していたにもかかわらず見つからなかったのは、まさか人間界へ落ち延びていたからだったとは……」

ザーボックは玉座のすぐ近くに置かれた小さな台座を見やった。

ワイングラスのような入れ物が台座に置かれ、その中では一本の植物が息づいていた。

「急がねばならん……。少しも育つ様子のなかった種が、ここ数日で芽を出し急激に生長している。呪いはこの花が咲いたときに解けると女神が告げていたのを吾輩は聞いたことがあるのだ」

「ザーボック様、この花を燃やしてしまうのはいかがでしょう」

「馬鹿者が。これはザグギエルの状態を測るためだけのものよ。燃やしてしまえば、かえってザグギエルの動向が分からなくなってしまうであろう」

「し、失礼いたしました！」

「急ぎ、次なる刺客を送り込むのだ。やつが力を取り戻す前にな！」

「ははっ！」

† † †

「本当に良いのだろうか。カナタ君が報酬を受け取ってくれなければ、ギルドが丸々儲《もう》けることになってしまうが」

「良いわけがないですよ。巨鳥もドラゴンもとてつもない大物です。本部や他の冒険者に知られたら、当ギルドが不当に冒険者を搾取していると受け取られかねないです」

「それは困る！　困るぞメリッサ君！」

「しかも、ただ倒しただけではなく、捕獲に成功しているんですよ。生きたドラゴンなんて、王都の研究所が大金を積んでも欲しがります。カナタさんが希望したからと言って、はいそうですかと手柄を横取りするわけにはいきません」

「かと言って、金銭以外で対価になるようなものはこちらにはないのだ。どうしたものか……」

「何とか丸く収まる方法を考えないといけませんね……」

カナタの冒険者カードを発行している間、ギルド長とメリッサは魔物の扱いをめぐってまだ話し合いを続けていた。

「あとは、この書類だけですね。魔物使いの方は連れている魔物をギルドに登録しないといけませんので。……信じられないことですが、カナタさんは本当に魔物使いなのですね……」

職員は机にちょこんと座っているザグギエルを見た。

ふんふんと鼻を鳴らしながら、カナタがペンを走らせる様子を興味深く見守っている。

「そうですよー。可愛《かわい》いでしょう」

カナタはザグギエルの短い前足を持ってピコピコと動かした。

ザグギエルはカナタのされるがままだ。

威厳を保つためか、顔はキリリと引き締めている。

「……まぁ、確かに猫とスライムを足して二で割ったみたいで愛嬌《あいきょう》がありますね」

「プヨプヨモフモフなんですよー」

「へ、へぇー……。……ちょっと触ってみても良いですか?」

『断る。余は誰彼構わず尻尾《しっぽ》を振るような犬ではないのでな。触って良いのはカナタだけだ』

「そ、そうですか……」

メウッと拒否され、職員は肩を落とした。

「ここに名前を書いたら良いんですか?」

「はい、そうです。ここの注意事項にも目を通しておいて下さい。最初に登録しておけば、冒険者カードを提示するだけで、他の街でもスムーズに入れるようになりますので」

魔物使いの魔物は法によって守られているが、その魔物が問題を起こしたとき、討伐に赴くのはギルドの仕事だ。

魔物使いの連れている魔物はスライムなどの低級の魔物がせいぜいなので、問題らしい問題は起きたことはないが、魔物の登録は義務となっている。

「ザッ、く、ん……と。書けました」

「はい、承りました。ちょうどギルドの身分証が出来ましたので、これにカナタさんとザックんさんの血を一滴垂らして下さい」

別の職員が持ってきた金属の光沢があるカードをカナタの前に差し出す。

血から計測される魂の構造はカードに焼き付けられ、カナタとザグギエルの身分を保証してくれる。

「カードはめったなことで破れるような素材ではないですが、もし壊した場合は、最寄りのギルドですぐ再発行して下さいね。あ、血を採るのに針を使いますか？　二つお渡ししますので、同じものは使わないで下さいね」

「うう、ザックんに針を刺すなんて出来ないよう……」

『なにを言っておるか。針ごときを余が恐れるわけがなかろう』

「でも、動物って注射嫌いだし……」

『余は動物ではない。そもそもこの姿は仮のものだと言っておるだろうに……』

ためらうカナタの針にザグギエルは前足を押しつけ、ぷくりと浮かんだ血の球をギルドカードに染み込ませる。

　二人の血は吸い込まれるようにカードに消えていった。

「はい、お疲れ様でした。これで今日からカナタさんはＤ級冒険者です」

「これでお金を稼げるね、ザックくん」

『巨鳥やドラゴンの報奨金を受け取っておけば、わざわざ働く必要もなかったのかも知れんがな』

「まぁまぁ、せっかく冒険者になったんだし、冒険してみようよ」

『ふっ、カナタがそう言うのであれば、余に文句はない。余としても強者と戦い己を高めるのは望むところだ』

「そうだね！　早く（モフモフに）進化しないとね！」

『うむ！　（最強の存在に）進化してみせるとも！』

　職員は熱く見つめ合うふたりを眺めて、彼らが何か行き違いを起こしているのではないだろうかとも思ったが、一職員が口を出すことではないだろうと心の中に留めるだけにしておいた。

「あそこの掲示板で仕事を探せば良いんですよね？」

「ええ、個々の技能に合わせてギルドから専門のクエストを優先的に回すこともありますが、基本的には冒険者の方に選んでもらうことになります」

「どんなのがあるだろうねー」

　席を立ったカナタに職員が声をかける。

「今はもう昼過ぎですので、割の良いクエストは残っていませんよ。明日また早朝に来られてはいかがでしょうか。朝は朝で取り合いになるので大変ですが、今よりはよっぽど良いクエストが貼り出されていますよ」

職員の言うとおり、ピンの跡がいくつも残るコルクボードにはほとんど何も残っていなかった。

『カナタはD級だろう。ここにあるのは高ランク向けすぎるか、誰もやりたがらないような汚れ仕事ばかりだ』

「うーん。でも、まだ日が沈むには時間があるし、帰ってもザッくんをモフモフするくらいしかすることないよ？　あ、それも良いかも！　晩ご飯までひたすらモフモフ！」

『依頼を探そう！　それがいい！　これなどどうかな！』

ザグギエルが慌ててカナタの手から逃れ、掲示板に飛びつく。

そして一枚の紙を咥《くわ》えて、ずり落ちた。

ころころと転がって、カナタの足元に戻ってくる。

「もー、ザッくん危ないよ」

ザグギエルを抱き上げ、咥えた紙を受け取る。

相当前から貼り出されているものなのか、紙は黄ばんで四方がよれよれになっていた。

そこにくすんだ字で書いてある依頼を見て、カナタはふむふむと頷いた。

「このクエスト、受けてみよっか」

『どれどれ……。……なんと!?　本気か、カナタ!?』

カナタの体をよじ登って、肩から依頼をのぞき込んだザグギエルが驚く。

「本気本気♪　すみませーん。このクエスト受けたいですー」

「カナタさん、本気でこのクエストを受注する気なんですか？」

「はい！」

笑顔で答えるカナタに、職員は顔を引きつらせた。

何故なら、そのクエストは誰もやりたがらず、長年にわたって掲示板の隅に貼られ続けたハズレクエストだったからだ。

†　†　†

依頼料は低額、仕事は重労働、危険もあるし、何より汚い。

その依頼とは、『下水道掃除』。

魔物討伐で金を稼げるほど強くない低級冒険者が請け負うことのできる仕事は、こういった汚れ仕事や雑用が多い。

失せ物探しや各種興行の警備、高位冒険者が倒した魔物の解体処理なども含まれる。

中でも、最も人気のないクエストが、この下水道掃除だ。

日々汚れが溜《た》まっていく下水道は陰気が溜まり、捨てられたペットなどが住み着いて魔物化しやすくなる。

裏家業の人間が死体を捨てる場所にも使ったりするので、グールやゴーストと言った死霊系の魔物が発生することもざらだ。

そんな危険で不衛生な場所を掃除するなど、この低報酬では誰もやりたがるはずがなかった。

『カナタよ、本気で受けるのか？　余もどうかと思うぞ。若い娘がするような仕事ではない』

「でもほら、報酬は歩合制だよ？　一歩分の距離を掃除するにつき、銅貨三枚だって」

「その一歩分を掃除するのが大変なんですよ……」

何も分かっていないカナタに職員は溜息《ためいき》をついた。

「良いですか、カナタさん。王都は三層構造になっていることはご存じですね？」

王侯貴族が住まう上街、商人や騎士などが住む中街、そして平民以下の貧民が住む下街だ。

中央に高くそびえ立つ王城から波紋のように外へ向かって街は建造されている。

各街を隔てる厚い壁は、魔物の被害を防ぐとともに身分によって住む場所に差異を作るためだ。

生活などで発生する下水は、上流の上街から、下街へと向かって流れていく。

上街の下水はさほど汚れておらず、神聖教会から派遣された神父が浄化の儀式を行い、下水を清めるとともに、魔物が来ないように結界も張っている。

だが、その効果は中街までしか届いておらず、下街に暮らす貧民はその恩恵に与《あずか》ることが出来ない。

王都の外縁部に配置された彼らは、魔物の群れが王都を攻めたときの肉の壁程度にしか思われていないのだ。

「この依頼にある下水道というのは、その下街にある下水道のことなんです」

依頼主は王国ということになっている。

下街の下水道とはいえ、上街と直接繋《つな》がっているのだ。

下水道が汚染されすぎて詰まりでもしたら、上街に臭いや汚れが逆流してくる恐れもある。

安いとは言え、支払いは契約どおりに行われるだろう。

しかし、公共事業化するほど優先度は高くない。

まずはギルドに依頼を投げて、低級冒険者にある程度片付けさせようという目論見だったのだろう。

だが、冒険者とて割に合わない仕事はしたくない。

「魔物は涌《わ》くし、ヘドロは毒化しているし、疫病だってそのうち発生するかも知れません。そんな場所を掃除するのにどれほどの労力を必要とするか」

十人がかりでヘドロを浚《さら》ったとしても、数歩分も掃除しただけで日が暮れてしまうだろう。

一日がかりで働いて、銅貨が数枚手に入るだけ。

夕食を食べたらなくなってしまうような報酬の依頼を誰が受けるというのか。

このクエストの依頼書が長い間放置されていたのはそういうことだった。

「分かりましたか？」

「はい、分かりました。受注しますねっ」

「分かってないですよねぇぇぇぇぇぇぇぇぇっ⁉　私の話聞いていましたか⁉」

「聞いてましたよー。ご心配ありがとうございます。でも、このクエストは誰かが受けないと後で大変なことになっちゃいますよね」

「それは、そうなんですが……。わざわざカナタさんが受ける必要も……」

「大丈夫ですっ。任せて下さいっ」

自信ありげに胸を張るカナタに、職員は再度溜息をついた。

「はぁ……。分かりました。そこまで言うのであれば、受理します」

黄ばんだ依頼書に、受注を示す判が押される。

これでこのクエストはカナタのものだ。

「下街は住んでいる人たちのガラも悪いので、途中で絡まれないように気をつけて下さいね」

「はーい、行ってきまーす」

「信じられないけど、あんな無邪気な子が巨鳥やドラゴンを倒したんですよねぇ……」

職員は片肘《かたひじ》を突いてカナタを見送り、未だに魔物退治の報酬をどうするかを悩むギルド長たちの話の輪に入っていった。

† † †

「おうおうおうおう！　ここが誰の縄張りか分かって入ってきてんのかよ、嬢ちゃんよう⁉」

「うお、この娘っこ、とんでもない美人ですぜ！　こりゃあ高く売れそうだ！」

カナタは狭い路地で、前後を大小二人組の男たちに塞《ふさ》がれていた。

『すごいなカナタ。大通りから外れて下街に入った途端に絡まれたぞ』

「すごいねー。十秒かかってないねー」

普通の少女なら、大声で怒鳴りつけられれば萎縮《いしゅく》する。

しかし、怯《おび》えて目に涙を浮かべることすらしないカナタに、男たちは怪訝《けげん》そうに片眉《かたまゆ》を上げた。

「大人しく捕まりゃあ、痛い目は見ずに済むぜ」

カナタが強がっているだけだろうと判断した男たちは、じりじりと距離を詰めてきた。

『ふっ、チンピラごとき、カナタが出るまでもない。余が一蹴《いっしゅう》してくれよう』

「まぁまぁ、まずは話を聞いてみようよ」

ザグギエルが男たちのサッカーボールにされるのを、カナタはやんわりと防いだ。

『カナタは寛大だな。良かろう。愚かな人間どもよ、慈悲深き余の主人がこう言っている。用があるなら申してみよ』

「なんだぁ、しゃべる猫だぁ⁉」

肩の上でふんぞり返るザグギエルに、大きい方の男が驚いた。

「兄貴、多分こいつ魔物ですぜ！」

「ああん？　魔物ぉ？　ずいぶん弱そうな魔物だなぁ、おい。スライムの方がまだ強そうだぜ」

「魔物使いはあらゆる能力が激減するらしいですぜ。そんな状態で倒して仲間に出来るような魔物なんて、こんな雑魚《ざこ》っぽいやつくらいでさ」

『雑魚はお前たちの方だろう。男二人で娘一人を拐《かどわ》かそうなど』

「へっ、こんなところに一人で来たのが悪いのよ！　お嬢ちゃんはお楽しみの後で売り飛ばす！　そっちのしゃべる猫も売り飛ばす！　俺たちは大儲《おおもう》けってわけよ！」

「えー、それはちょっと困ります」

「はっはぁ！　困るって言うなら、どうするってんだ⁉」

「お嬢ちゃんは今からもっと困ることになるんだよぉ‼」

男たちは下卑た笑みを浮かべて、カナタに飛びかかった。

† † †

「どうぞどうぞ、こちらでございやす、へへへ」

「汚いところでありやすが、どうぞお足元にお気をつけなさって」

チンピラたちは揉《も》み手《で》をしながら、下街を案内していた。

人間は空を飛べる。

そのことを自らの身で証明した彼らは、先ほどまでの態度が嘘《うそ》のように従順だ。

人は顎《あご》に打撃を食らえば空を飛べるのだ。

「まさかお嬢様が、あのカナタ・アルデザイア様だったとは」

「わたしのことを知ってるんですか？」

「そりゃもう、お噂《うわさ》はかねがね。剣技大会三連覇中の聖氷の姫君と言えば、あっしらの界隈《かいわい》でも有名でさぁ」

「まぁ、あっしらに大会のチケットなんざ手に入れる伝手《つて》はないんで、お顔を拝見するのはこれが初めてですがね」

実際に会ったカナタは噂に違《たが》わぬ美人だが、評判と違ってあまりに普通でのんきな雰囲気に包まれていた。

氷というより陽向《ひなた》と言った印象だ。

この雰囲気の違いのせいで、会う者は大抵カナタの正体に気づかない。

「そういやぁ、今日は剣をお腰に付けてないんでやすね」

「私物の剣は持っていないんです。あと、あまり剣は得意じゃないので」

この国で最も強い剣士が放つ言葉に、チンピラたちはご冗談を、と笑った。

冗談ではなく真実である。

カナタはあまり剣が得意ではない。

手加減できずに相手を殺しかねない、という意味でだが。

戦士や拳闘《けんとう》士の職業を持つこの男たちが相手でも、カナタの振り切れたステータスでは優しく小突いただけで宙を舞う。

剣など持っていては、微塵《みじんぎ》切りより酷いことになるだろう。

『それにしても、本当に汚い場所だな。臭いもひどい』

ザグギエルがフレーメン反応を起こして顔をしかめる。

茶褐色の染みがべったり付いた壁。

踏みならされて地面と一体化してしまった何かの死骸《しがい》。

それを削り取るように食べる鼠や虫がたかっている。

「臭いは下水道のせいでさ。ここ最近特にひどくなりやがった」

「下街のなかでも、うちの下水は特にひどいんでさ」

チンピラたちの後に続いて進んでいくほど、臭いはひどくなっていく。

ここに住んでいる住民たちも近辺には姿が見えなくなってきた。

住む場所に困っている彼らでさえ、ここには近づけないと分かっているのだ。

「下水から流れてくる汚水のせいで、最近は妙な病気まで流行《はや》り始めちまって。体力のねえジジババやガキ共からやられちまってる始末でさ」

来る途中で咳《せき》をする者をよく見かけた。

おそらく彼らがその病気に罹患《りかん》している者たちだったのだろう。

「神聖教会から医療神父や修道女の派遣はないんですか？」

「あるわきゃないですぜ。近頃は教会の連中も寄付の少ないところへはやってきやせん。ましてや金のない貧乏人の治療なんて……」

「そうですか……」

カナタは少し考え込む。

そうこうしているうちに、目的地が見えてきた。

「お嬢様、あそこでさぁ。これ以上近づくと毒に目をやられちまいます」

チンピラたちが指さした場所は、ドス黒く濁った水をじくじくと吐き出す下水の出口だった。

流れてくる水は、下水と言うよりほとんど汚泥だ。

粘性が高く、出口で詰まって水位を上げている。

毒性の強いガスまで発生させて、ボコボコと泡立っていた。

「案内ありがとうございました。ここまでで大丈夫です」

カナタはぺこりと頭を下げる。

「お嬢様、これからどうなさるおつもりですかい？　俺ら、言われるままに案内しやしたが、何するかまでは聞いていやせんでした」

「もちろん掃除ですよ？　ちゃんとギルドから依頼された正式なお仕事です」

えへん、とカナタは胸を張った。

「掃除ってアレをどうにかされるおつもりなんで⁉」

「そのおつもりですけども」

下街の住民たちもお手上げ状態で、近づかないようにするのが精一杯の下水道。

それをたった一人で掃除するという。

どう考えても無謀な挑戦に、男たちは手を立てて横に振った。

「いやいや、無茶でしょう。あんなもん教会の神父が総出で浄化魔法を使っても何日かかるか……」

「そうですか？　そんなにかからないと思いますけど」

「いやいやいやいや、いくらお嬢様が強くても、下水道掃除には何の役にも立たない――あれ？　なんか臭いが薄くなってきたような」

「あ、兄貴！　お嬢様が立ってるところからどんどん綺麗《きれい》になってますぜ！」

「うお、まじだ⁉　っつーか、今まで歩いてきた道もめちゃくちゃ綺麗になってるぞ⁉　この道って元はこんなに白かったのかよ⁉」

カナタは下水道に近づきながら、ずっと浄化魔法を展開していた。

全ては愛すべきザグギエルのためだ。

自慢のモフモフに下水の臭いを染みつかせてなるものかという意思が、浄化魔法として発現していた。

その効果は強く、空気の清浄化だけではなく、床や壁の汚れまでもが綺麗に落ちていた。

浄化痕《あと》である白い砂がさらさらと壁からこぼれ落ちている。

「じょ、浄化魔法は神聖教会のお家芸じゃ……⁉　お嬢様は剣士じゃなかったんですかい⁉」

「いいえ、魔物使いです」

「そうだった、魔物使いだったぁ！　なおさらわけが分からねえ！」

肩に乗っている魔物が、カナタの職業を証明している。

チンピラたちにとって、もはやカナタの存在そのものが理解不能だった。

額に手を当てて天を仰ぐ二人に、カナタは近づく。

「二人とも、貧しいのは分かりました。だけど人攫《ひとさら》いなんてもうしちゃ駄目ですよ」

「へ、へえ。今回のことで懲りやした」

「二度とやらないと誓いやす」

「よろしい。ではちょっと顔をこちらへ」

もう一発殴られるのかと二人は焦ったが、逆らえるはずもないので大人しく従う。

ひんやりと体温の低い手が、彼らの頬に触れた。

回復魔法が無詠唱で発動する。

淡い光に包まれ、腫《は》れ上《あ》がっていた頬は一瞬で治療されてしまった。

「そんな、悪事を働いた俺たちを癒してくださるなんて……！」

「なんてお優しい方なんだ……！　もしや、お嬢様は聖女なんじゃ……⁉」

「いえ、魔物使いです」

チンピラたちは涙を流して感謝した。

その頬を殴ったのはカナタであることは記憶から消えていた。

「あと、お願いがあるんですけど、病気にかかっている人たちを一カ所に集めてもらって良いですか？」

「へ、へえ。そりゃ構いませんが……、いったい何を？」

「多分わたしの魔法で治せると思います。先に原因となっているこの下水道を綺麗にしますから、その間にお願いしますね」

「ぜ、全員を治して下さるんですか⁉　でも、俺らに払えるものなんて……」

後ろめたさと、自分たちの力のなさに、チンピラたちは肩を落とした。

「ここまで案内して下さったじゃないですか。そのお礼です」

微笑むカナタに、チンピラたちは跪《ひざまず》いた。

あまりの神々しさに自然と涙があふれ出てくる。

「ありがてえ……！　ありがてえしか言えねえ……！　これでお袋を助けられるのか……！」

「聖女様だ……！　職業なんて関係ねえ……！　お嬢様こそ聖女様だ……！」

チンピラたちは滂沱《ぼうだ》と涙を流し、カナタの前で手を組んだ。

『ふん、愚かな人間共よ。寛大な我が主に感謝するが良い。悔い改めてこれからは真面目に働くのだな』

「「へへー!!」」

チンピラたちは土下座して、特に何もしていないザグギエルはふんぞり返り、カナタはその可愛い姿にキュンキュンした。

† † †

『浄化魔法があると分かっていても、ここへ飛び込むにはいささか勇気がいるな』

緑と黒のマーブル模様で濁った下水を見て、ザグギエルは顔をしかめた。

「うん、ザッくんのモフモフが汚れないように気をつけないと」

『いや、そういうことではないのだが……』

汚染されたドブ泥は毒々しい色と臭いを放ち、触れただけで肌が爛《ただ》れそうだ。

「よいしょっと」

しかしカナタは躊躇《ちゅうちょ》なく下水へ足を踏み入れる。

その瞬間から、汚れは一瞬にして白い砂に変わってしまった。

カナタが周囲に纏《まと》う浄化魔法は、毒性の高い汚泥であっても関係なく清浄な砂へと変えていく。

「泥に隠れて分からなかったけど、歩く場所もちゃんとありそうだね」

水路の左右には、人一人が歩く程度のスペースがあった。

汚泥で詰まった下水道は凄《すさ》まじい速度で綺麗になっていく。

浄化された下水など、飲めそうなほど透き通っていた。

『恐ろしい浄化速度であるな。このまま下水道を遡《さかのぼ》っていくだけで、掃除は片付いてしまいそうだぞ』

カナタが一歩進むたびに下水道は洗浄されていき、それは同時に銅貨三枚が手に入ることを意味している。

千歩も歩けば銅貨三〇〇〇枚。銀貨にして三〇枚。金貨にして三枚の儲《もう》けだ。

平均的な王都民の一ヶ月分の収入をわずか半時で稼げることになる。

依頼にあった下水道はここだけではない。汚染の進んだ下水道を全て浄化すれば、とてつもない金額になるのは間違いなかった。

依頼主は国だ。支払いを渋られることもない。

カナタが今回で稼ぐ額を知れば、依頼を出した役人は卒倒するかも知れなかった。

「とりあえず、このまま進んでみようか」

『うむ、異論はない。少々気になるところもあるしな』

カナタは暗い下水道に足を踏み入れた。

暗闇をカナタの発動した光源魔法が白く照らし出す。

『水、回復、浄化、光。カナタが得意とする魔法は神聖寄りなのか？　やはり魔物使いではなく、聖女が適性職だったのでは……』

「向いてるものより、なりたいものになるのが一番だよ。あと、神聖魔法は便利だけど、教科書に載ってる魔法はひととおり全部使えるよ？」

『そう言えば、ドラゴン戦では火炎魔法を使っていたな……。なんともはや……。我が主《あるじ》は規格外である……』

カナタが魔法を覚えた理由は、適性職業を増やして魔物使いになれる確率を上げるためだが、それ以外にも理由はあった。

もちろん、モフモフのためである。

喉《のど》が渇いたモフモフがいれば水魔法で潤し、怪我をしたモフモフがいれば回復魔法で癒し、汚れたモフモフがいれば浄化魔法で清潔にする。

光魔法は暗いところでもモフモフを愛《め》でられるようにだ。

カナタの努力のベクトルは、全てがモフモフに向いていた。

『……魔物の類いがいるかと思ったが、見当たらんな』

汚泥の毒性は思った以上に強いのか、不潔な場所を好む種類の魔物であっても生息には適さないようだ。

当然、ネズミやコウモリといった下水道を好む動物の姿もない。

カナタの浄化魔法のおかげで周囲の空気は澄んでいるが、常人が下水道に迷い込めば肺が腐り落ちていただろう。

「ねえ、ザックんおかしくないかな？」

『何がだ？』

「教会の浄化魔法が中街までしか届いてなかったとしても、下街の生活排水だけでこんなに毒が発生するかな？」

『ふむ、それは余も考えていた。魔物ですら棲めないほどの毒性。何者かが意図的に毒を流している、とカナタは睨《にら》んでおるのだな？』

「そのとおりだよ！　ザックん鋭い！」

『ふっ、遠い過去の話とは言え、余もかつては都を持つ王であったからな。都市構造から見てもこの下水が異常であることは分かるとも』

「うん、やっぱりそうだよね」

『つまりカナタがこうやって下水道をわざわざ遡っているのは、毒汚染の元凶を探るためなのだな。

カナタほどの術者であれば、教会の神父なんぞより遥かに広範囲を一度に浄化できるはずであるからな』

「正解正解！　ザッくんすごい！　ザッくんかしこ！」

『ふっ、それほどでもない』

ザグギエルは低い鼻を高々とさせた。

カナタはそんなザグギエルの頭を思う存分なでまくった。

ＷＩＮ－ＷＩＮの関係だった。

† † †

『かなり進んできたが、これはひどいな。毒が霧のようになっている。暗黒大陸にある毒茸《どくきのこ》の森でもここまでひどくはなかったぞ』

「ザッくん、大丈夫？　苦しくない？」

『まったく問題ない。カナタの浄化魔法のおかげだ。臭いすら感じん』

「良かった。苦しくなったらすぐに言ってね」

『カナタこそ魔力は保つのか。かなり長い間、浄化魔法を発動させたままだが』

「うん、全然。なんともないよ」

カナタは汗一つ浮かべずにザグギエルに微笑んだ。

『流石《さすが》と言うのも今更であるなぁ……』

魔力は生命力にも関係があるので、使いすぎれば気分が悪くなったり、意識が朦朧《もうろう》としたり、貧血によく似た症状を起こす。

しかしカナタはまったく疲れていなかった。

肩に乗ったモフモフに常に癒されるので、精神的な疲労など微塵《みじん》もない。ザグギエルをひとなでするごとに、魔力が全回復する気すらしている。

モフモフひとつで永久機関が完成しつつあった。

『しかし、これでは前に進むのも億劫《おっくう》であるな。足を滑らせて水路に落ちぬようにな』

「はーい」

カナタの周囲以外は緑色のガスで覆われ、前方の様子もまともに見えない。

今は下街の下水だけで済んでいるが、このまま汚染が進めば中街や上街にまで被害は拡大していくのではないだろうか。

『だが、これで何者かの仕業という線は濃厚になったな。上流へ向かうほど毒が濃くなるなどありえん』

下流に向かうにつれて汚染がひどくなるならば、まだ分かる。

その逆となると、汚染源が上流にあるとしか考えられなかった。

予想は的中し、カナタたちは最も毒が濃いところまでやってきた。

あとはその元凶を見つけるだけなのだが――

「……今。何か動いたね」

『む、どこだ？』

カナタが足を止め、ザグギエルが周囲を探り——水路が爆《は》ぜた。

† † †

「ＢＡＯＯＯＯＯＯＯＯＯＯＯＯＯＯＯＯＯ‼」

汚泥が下水を掻《か》き分《わ》けて盛り上がる。

不出来な泥人形のような巨体が、低い轟《とどろ》きを上げながらカナタに襲いかかってきた。

汚泥には人面のような穴がいくつも空いており、それぞれが伽藍《がらん》の口で苦悶《くもん》の叫びを上げている。

『カナタ！　下がれ！　おそらく死霊の融合体だ！　泥に取《と》り憑《つ》いて実体を得たのだろう！　触れれば怨嗟《えんさ》の毒で死に至るぞ！』

カナタの盾となるべく、ザグギエルが肩から飛び降りる。

そしてまたしても着地に失敗し、水路に転がり落ちていった。

「わっ。危ないよ、ザッくん」

下水に飛び込む寸前、カナタが救い上げる。

その間にも汚泥の怪物は目前に迫っていた。

「ＢＡＯＯＯＯＯＯＯＯＯＯＯＯＯＯＯＯＯ‼」

怨嗟の咆哮《ほうこう》を上げながら、汚泥の巨人が両腕を広げる。

猛毒の抱擁が、背を向けたカナタに襲いかかった。

汚泥の腕に抱かれれば、苦悶の中で骨まで爛れて、死霊の仲間入りを果たすだろう。

蒸気のように毒霧を噴出させて、泥人形がカナタを抱きしめる。

「BAO⁉」

そして、見えない壁にぶつかって、泥人形は平らになった。

「BA、BAOOOO⁉」

『なんと……。肉体を得た死霊すら寄せ付けんと言うのか、この浄化魔法は……』

「ザックんのモフモフには指一本触れさせないよー。モフって良いのはわたしだけ！」

壁に触れた部分から、泥人形の汚泥は白い砂へと変わっていく。

カナタはその様子を壁の内側からしげしげと眺めた。

「このお化けが毒の原因かな？」

『そのようだな。実体を得たことで、怨嗟を物理的な毒へと変化させているのだろう』

「BAOOOO！　BAOOOOOO‼」

泥人形は汚泥を撒《ま》き散らしながら拳《こぶし》を叩《たた》きつけ、浄化魔法の壁を破壊しようとする。

だが、触れた先から白砂化し、泥人形は見る見る体積を減らしていった。

『いかにしてこのような死霊が生まれたかは分からぬが、ここへ来るのが遅れていればさらに成長して王都を毒に沈めていたかも知れんな。カナタよ、これ以上死霊どもを苦しませるのも酷だ。解

放してやれ』

「うん。今度は迷わず逝って下さい。あと願わくば、生まれ変わるときはモフモフでお願いします」

カナタは片手を上に向け、目を閉じて念じる。

次の瞬間、浄化魔法の効果範囲は爆発的に広がり、死霊は汚泥ごと白砂と化す。

呪詛《じゅそ》を吐き散らすだけだった死霊の顔が穏やかなものとなり、天へと還《かえ》っていくのが見えた。

「ふう、こんなものかな。毒の広がったところは浄化できたと思う」

カナタが目を開けると、下水道は聖堂のごとき清らかな場所へと変わっていた。

白い砂だけが雪のように積もっている。

『見事なものだ。本職の神父でもここまで見事な浄化は行えんだろう。やはりカナタは聖女になるべきだったのでは……』

「聖女になるためだったら、こんなに頑張ってこなかったかなー」

カナタの能力は魔物使いとなってモフモフするためだけに鍛えられたものであった。

『ちなみに、どのくらいまで浄化の範囲を広げたのだ？』

「とりあえず王都ぜんぶだよ」

『………。……ふむ、そうか』

王都はこの国で最も広い都市なのだが、そこの下水道を全て浄化したという。

ザグギエルはもはや驚きも呆《あき》れもせず、考えることをやめて頷《うなず》いた。

『そう言えば、このクエストの報酬は歩合制だったな。全額支払ったら王都の財政が傾きそうだ』

後ほど、クエストの結果を確認に来たギルド職員が卒倒したのは言うまでもない。

† † †

カナタたちが来た道を戻り、下水道から外に出ると、空はもう夕日が沈みかけていた。

「お嬢様、ご無事で！」

カナタがのしたチンピラたちが駆け寄ってくる。

下水道へ入る前に言いつけたとおり、病気の住民たちを集めていたようだ。

チンピラたちに案内された広場には、すでに大勢の人が集まっていた。

咳《せき》をする老人や目元に隈《くま》を作った子供たちが、カナタをいぶかしげに見つめてくる。

本当にこんな少女が猛毒を垂れ流す下水道を浄化してくれたというのか。

とても信じられない、といった目だった。

『思った以上に大人数だな。一人一人看《み》ていては何日かかるか分からぬぞ』

「す、すいやせん、猫の兄貴！　しかし、みんな苦しんでやがるんです。何とかなりやせんか？」

「何とかできます。だいじょうぶだいじょうぶ」

カナタは気軽に請け合い、広場に集まった病人たちに手を掲げた。

「元気になーれー、元気になーれー」

詠唱に決まった形はないとは言え、カナタのなんとも気の抜けた魔法の発動方法に、住民たちはさらに怪訝《けげん》な顔をした。

「よしな、お嬢ちゃん。そんなおまじないで病気が良くなったら苦労は……」

老婆が言いかけて、喉《のど》のつっかえが取れたことに驚く。

先ほどまで広場に蔓延していた咳の音がまるで聞こえない。

翠緑《すいりょく》の光がヴェールのように優しく病人たちに降りそそぎ、病魔を根こそぎ治療していった。

「お母ちゃん！　胸、もう苦しくないよ！」

「咳だけじゃないぞ！　長年患っていた足腰の痛みまで消えておる！」

「目が、目が見える……！　また娘の顔が見える日が来るなんて……！」

「う、腕が！　無くなった俺の腕が……！」

弱った子供が、衰えた老人が、光を失った母が、腕と職を失った父が。

みんな元気になって立ち上がる。

「とりあえず悪いところ全部治しときました」

奇跡に等しい大魔法を行使しておきながら、カナタはこともなげに言った。

「せ、聖女様じゃ……！」

「奇跡の聖女様……！」

「我らをお救い下さった……！」

その場にいた人々が両手を組んでカナタに祈りを捧《ささ》げる。

「「聖女様……！　聖女様……！」」

「いえ、魔物使いです」

カナタの返事は誰にも届かず、人々は跪《ひざまず》いたままだ。

違うんだけどなぁ、とカナタは軽く息をついて、群衆の中からチンピラ二人を呼び寄せる。

「この街に畑はありますか？」

「へ、へえ。王都の商人は下街の人間にはろくに物を売ってくれねえんで、自給自足のために畑で野菜は作ってありやす」

「ただ、ここらは土地が痩《や》せてて、ろくに葉も育ちゃしねえんですが……」

「じゃあ、この砂を畑を耕すときに撒《ま》いてみて下さい」

カナタがそう言ってアイテムボックスを開くと、中から大量の白い砂が流れ出てきた。

それはカナタが浄化した下水の汚泥を回収したものだ。

「汚染は浄化済みなので、土に混ぜれば肥やしになると思います」

下街を汚染し尽くした泥も、毒を抜けば栄養豊富な肥料へと変化していた。

「そ、そんな……！　俺たちはお嬢様にひどいことをしようとしたのに、なんでそこまでしてくれるんですか……！」

「んー」

カナタは少し考えた。

「困ったときはお互い様です。あと、情けは人のためならずって言うじゃないですか」

そう、情けは人のためならず。情けはモフモフのためにあるのだ。

「皆さん、モフモフを見かけたら、ぜひご一報を。いつでもどこでも駆けつけますのでー」

カナタは治療しながらさりげなく宣伝をしていた。モフモフとの出会いを増やすのに余念はない。

カナタの行動は全てモフモフのためにあった。

「モフモフですよー。モフモフをよろしくお願いしますねー。感謝はいりません。モフモフを下さーい」

しかし、モフモフの意味が分からない群衆は、モフモフを聖句か何かとしか思わなかった。

それよりもカナタの尊い行いに滂沱《ぼうだ》と涙した。

「聖女様……！」

「やはり、この方こそ聖女様だ……‼」

「「「聖女様……！　聖女様……！」」」

「いえ、魔物使いです」

ふたたびの否定は、やはり群衆に届くことはなく、人々はカナタに心から感謝するのだった。

† † †

『ぐむむ……！　か、硬い……！』

「ザッくん、待って待って」

ザグギエルが塊肉にかぶりつくが、肉の弾力に歯が返されてしまう。

大皿の横に添えられたナイフで、カナタは肉を切り分けてやった。

「これは薄く切って食べるんだよ」

長年の使用で刃が丸くなっていても、カナタにかかれば鉋《かんな》を扱うがごとくだ。

薄く切られた肉は、外側は黒く焼け焦げているようにすら見えたが、内側は透き通るような桃色をしていた。

ギルド酒場の自慢の逸品。ローストビーフだ。

客ごとに噛《か》み応えの好みが分かれているため、切り分けるのはセルフサービスとなっている。

「はい、あーん」

『うむ、かたじけない』

グレイビーソースをかけた肉を頬張る。

こうやってカナタに食べさせてもらうことにも、だんだん慣れてきてしまっている。

これは堕落ではないのか。

ザグギエルは危機感を覚えた。

このまま甘やかされていては、強くなるどころか駄目になってしまう気がする。

しかし、数百年の孤独に苦しんできたザグギエルにとって、カナタの惜しみない優しさは抗いがたいものがあった。

主人の希望に従うのが良き従僕。

だからこれは仕方がないことなのだ。

などとザグギエルは自分に言い訳するのだった。

『これは、美味《うま》い……！　先ほどまではあれほど硬かったのに、本当に同じ食べ物なのか……⁉』

余熱でじっくり火を通したローストビーフは、カナタの天才的なナイフさばきで透けるほど薄く切られ、口の中に入るやいなや柔らかく溶けてしまった。

「ふふー、いっぱいあるからね。たくさん食べてね」

カナタが切り分けた場合、いったい何枚のローストビーフが出来てしまうのか。

料理人が調理場の奥からカナタの様子を見て「あのナイフさばき、ぜひうちに欲しい……！」などとのたまっていた。

『むぐむぐ、むぐむぐ』

「はうう、一生懸命食べてるザッくん可愛いよう……。もう胸がいっぱいでご飯食べられないよ……」

机に投げ出した片腕を枕にして、カナタはザグギエルの食事を見守る。

頬は上気し、瞳《ひとみ》は潤み、まるで恋する乙女のようだ。

『いや、食事はきちんと摂るのだ、カナタよ』

「ザッくんが食べさせてくれるなら考えるー」

『むむ、確かに。余ばかりが世話をされるのも気が引ける。よし、任せよ』

ザグギエルは短い両前足でフォークを抱えた。

なんとかローストビーフに突き刺し、カナタの口元に運ぼうとするが、慣れない二足歩行は無理があったらしい。

『ぬお⁉』

こてんと転がる丸々とした体。宙を舞い、自由落下を始めるローストビーフ。

「いーたーだーきー、ます！」

モフモフの厚意を無下《むげ》にはせんと、カナタは神速で動いた。

猟犬を超える速度でローストビーフに食いつき、ムシャムシャと咀嚼《そしゃく》する。

「おいひぃ〜。ザッくん、ありがとう！」

『う、うむ。たくさん食べるがよい』

「じゃあ、今度はわたしの番ね。食べさせっこしよ」

『む、むむ、それはいささか気恥ずかしい。が、カナタが望むのであれば仕方あるまい』

などと、ふたりがテーブルでイチャイチャしている頃、酒場の隣にあるギルドの受付は繁忙の極みにあった。

原因はもちろん、カナタだ。

前日に高額の賞金がかかった巨鳥兄弟を仕留め、その翌日には巨大な竜《ドラゴン》を討伐。

その報奨金の扱いも定まらないうちに、新たなクエストを達成してきた。

しかもその達成したクエストというのが、耳を疑う内容だ。

カナタの受けたクエストは簡単な下水道掃除だったはず。それが何故か王都全体の下水道を完全浄化し、下街に毒を垂れ流していた原因まで突き止め、呪詛を物理的な毒に変えて撒《ま》き散らすほどまで集積した悪霊を昇天させてしまった。

もし誰もこのクエストを受けず、下水道汚染を放置し続けていたら、悪霊はますます力を増し、無防備な地下から王都を襲っていたかも知れない。

カナタのやったことは王都の民の未来を救ったに等しい。

短い期間で立て続けに英雄的偉業が達成され、その事実確認や報酬の支払いを巡って、ギルドはてんやわんやの大騒ぎだった。

しかも今は夕飯時だ。

この時間になると、大勢の冒険者たちがクエストを終えて帰ってくる。

どの受付の前にもずらりと行列ができ、冒険者たちはイライラしながら自分の順番が回ってくるのを待っていた。

「なんで今日はこんな遅いんだ……？　俺ぁ、腹が減っちまったよ」

順番抜かしや割り込みはギルドの心証を著しく下げるため、荒くれ者の冒険者たちもここでは大人しく順番を守っている。

しかし夕飯時を過ぎても一向に列が進まず、いらつく男を見かねた後ろの冒険者が声をかけた。

「知らないのか？　あそこにいる嬢ちゃんが、とんでもないクエストをやり遂げたんだってよ」

「あーん？　……げっ、あの娘、昼間に来た子じゃないか」

「下手にちょっかいかけなくて良かったな。噂《うわさ》じゃ飛び級でB級に昇格するらしいぞ」

「冒険者の資格を取ったその日に昇格とか、万年D級の俺とはエラい違いだ。何者だよいったい」

「カナタ・アルデザイア。名前くらいは聞いたことあるだろ。俺もあんな可愛いお嬢さんだとは知らなかったけどな。あの娘なら昇格も当然だろうさ。ま、そんなワケで、当分俺らの順番が回ってくることはねぇよ」

「あー、受付へ行かないで先に呑《の》み始めた連中がいたのは、そういうことだったのかよ……。くっそ、俺もそうしときゃ良かったぜ……」

男が忌々しく睨《にら》んだ先には、列に並ぶことを早々に諦《あきら》めて酒杯を上げている冒険者たちがいた。

男の順番は中程まで進んでいるので、今さら列から抜けるのも損した気分になる。

「ったく、いつまでやってるんだろうな。いい加減交代してくれねぇかね」

男が列から顔を出して先頭の様子をのぞき込むと、冒険者ではなく仕立ての良い服を着た中年男性が受付嬢に頭を下げていた。

「どうか！　どうかしばしお待ち頂けないでしょうか！」

どこもかしこも大賑《おおにぎ》わいの中、男性はひときわ大きな声を上げている。

「依頼料の支払いは必ずします！　しかし今の予算では到底足りないのです！」

そう頭を下げるのは、ギルドに下水道掃除の依頼を出した役所の責任者だった。

役所が発注したクエスト達成の報告を聞き、請求額を見て役人は失笑した。

下水道掃除の依頼は歩合制だ。一歩分の距離につき銅貨三枚と定めた。

条件が悪すぎたのか、ずいぶん長い間放置されていたのだが、ようやく引き受けた冒険者がいたらしい。

当クエストは歩合制なので、ギルドに前もって依頼料を預けていない。

そのため、ギルドから支払いの請求が来たのだ。

しかし提示された金額が想定と桁《けた》五つは違う。

なんだ、この無茶苦茶な額は。たかが下水道掃除がこんな額になるはずがない。馬鹿馬鹿しい。

ギルドはちゃんと仕事をしているのか。こんな記載ミス、うちの新人でもやらないぞ。

そうクレームを付けに来たのが一時間前。

受付嬢から真相を聞いた役人は顔面蒼白《そうはく》になった。

ギルドの報告は間違いだったどころか、依頼した下水道だけではなく、王都の下水道が全て浄化されたという。

それが事実なら、役所の都市事業数年分の仕事が解決されたことになる。

これだけ聞くと、むしろ得をしたように思える。

役所が依頼したのは下街の下水道掃除であって、王都全域が浄化されたからといって、下街の範囲外に対する支払い義務はない。

もし王都の下水道全域を清掃しようと思ったら、数千人単位の人員と教会に莫大《ばくだい》な寄付を支払って浄化魔法を何度も使用してもらわなければならないところだ。

そうなればその経費は金貨数万枚を超えていただろう。

ギルドから請求された支払額は金貨六〇〇枚。

成果から考えればはした金も良いところだが、問題はその金額をすぐには支払えないところにあった。

金貨六〇〇枚は充分に大金だ。今季の予算にそんなものが組まれているはずもなく、しかし依頼したクエストが達成された以上、支払いが出来なければ契約違反だ。

国の法律に関係なく、ギルドは独自に違反者を裁くことが出来る。

相手が役所であろうと、関係がない。

そのことに責任者は怯《おび》えているのだった。

「横紙破りをしようとしていることは重々承知です！　しかし、支払おうにも金庫には予算以上の金銭は存在しておらず！」

「え、ええ、そうですね……」

深々と頭を下げる役人に、応対した職員メリッサは歯切れ悪く相づちを打った。

達成したクエストに対して報酬を支払えない。

どこかで聞いた話だ。

（っていうか、私たちのことですよね……）

カナタが竜たちを倒した報奨金はうやむやになったままである。

本人がいらないと言っても、周囲はそれで納得しないだろう。

未だ全員を納得させられる解決方法をギルドは考えついていなかった。

この役人とまさしく同じ状況に直面しているメリッサは、強気に出ることが出来なかった。

ギルドは依頼者と冒険者、双方にクエストを保証する。

依頼者には依頼の完遂を。冒険者には報酬の支払いを。

こうやって支払いを渋る依頼者がいた場合は、問答無用で金銭を徴収するのだが、今の自分たちが言えた義理ではない。

「しかし、そうおっしゃられても、ギルドの規約を破るわけにはいきませんので……」

言えた義理ではなくとも、職員たるメリッサは言うほかなかった。

「そこを何とか！　直近で支払える金額はどう掻《か》き集めても金貨一〇〇枚だけなのです！　残りは来期の予算で必ずお支払いいたしますので、それまで待って頂けないでしょうか！」

「いえ、ですから……」

「お願いします！　お願いします！」

役人は床に頭をこすりつけて懇願した。

東方から伝わりし、最上級の謝罪法、土下座である。

余談だが彼の叔父はルルアルス女学園の学園長だ。

「あの、そんなことをされても困ります。私はただの職員ですので……」

「お願いします！　お願いします！」

「良いですよ？」

横からひょっこりと顔を出したのはカナタだった。

後ろから声をかけられて、半泣き状態の役人が振り向く。

「いま、なんと……？」

「良いですよ、って言いました」

「ほ、本当？　本当でございますか⁉」

「はい、その代わりなんですけど――」

カナタの口から出された条件は、下街の改善計画だった。

下街の住民が労働力や消費者として機能していないのは、中街が下街の住人というだけで雇わなかったり、商品を販売することを拒否しているからだ。

不当な扱いを取りやめ、住民の生活水準が上がれば治安も良くなるし、税収も捗《はかど》って一石二鳥だ。

中街以上の人間と下街の住民には確執も遺恨もあるだろうが、その点はカナタが間に入ることで解決している。

下街の人間は今やカナタの信奉者だ。聖女と崇めるカナタの言うことならば、喜んで従うだろう。

汝《なんじ》盗むなかれ。汝犯すなかれ。あと真面目に働け。

その環境さえ整えてやれば、下街は上手く回るだろう。

計画の予算は、今回カナタに支払われるはずだった金貨のうち、すぐに払える一〇〇枚を除いた五〇〇枚が当てられることになった。

「ありがとうございます！　ありがとうございます！　必ずやカナタ様のご希望どおりに計画を進めてみせます！」

役人は自分の首が繋《つな》がって感謝の土下座をこれでもかと繰り返した。

「カナタさん、私が言うことじゃないかも知れないですけど、それで良いんですか？」

手続きを進めるメリッサが問う。

カナタは満面の笑みで答えた。

「良いんです」

カナタがモフモフを求めていることは下街の住民にしっかり宣伝してある。恩を感じた彼らはきっとモフモフを探してくれるだろう。

沢山のモフモフに囲まれる未来を想像して、カナタは笑みが止まらなかった。

モフモフの意味が伝わっていないため、モフモフはカナタを崇める聖句として広まっていくのだが、カナタは知るよしもなかった。

第5話　新装備？　いいえ、これはブラシです！

「……これは、夢であるな」

冷たい鋼の玉座に腰掛けて、ザグギエルは独りごちた。

今の自分は膝《ひざ》を組めるほど脚が長くないし、肘《ひじ》置《お》きに頬杖《ほおづえ》を突く腕もない。

短い足の付いた醜い毛玉こそが己の姿だ。

この冷えた空気にも覚えがある。

懐かしき魔王城の香りだ。血がこびりつき、鉄によって削られた石の香りだ。

かつて自分はここで暗黒大陸を支配していた。

懐かしき平穏の時代。争いしかなかった暗黒の大陸が栄華を誇った時代。

だから、これは夢だ。

おそらく、暗黒大陸を統一してちょうど百年が経った時期だろう。

そしてこれが過去を再現した夢ならば、次に起きることも知っている。

『魔王ザグギエルよ、何故、人間たちの住む大陸へ侵攻しないのです。暗黒大陸を統一した歴代の魔王は総じて人間大陸へ侵略の手を伸ばすというのに』

姿なき者が、ザグギエルに語りかけてきた。

それは神々しい響きをした女の声だった。

ザグギエルはこの声の正体を知っている。

知っているからこそ、侮蔑《ぶべつ》に失笑した。

「なぜ人間界を侵略しないのか、だと？　くく、逆に問いたい。人間の味方を気取る女神の貴様が、何故そんなことを気にする？　余が人間界を脅かさなければ平和で良いではないか」

『………………』

痛いところを突かれたのか、女神は黙り込んだ。

「余が暗黒大陸を統一したのは、争いの尽きぬこの大陸に嫌気が差したからだ。この地にはすでに充分な資源がある。わざわざ余所《よそ》から奪う必要などなく、大陸を平定した今ならばゆっくりと土地を開発していける。わざわざ人間との間に戦争を起こす必要などない」

『……お前は、それでも残虐たる魔族の王、魔王ですか？』

「魔【王】だからだ。王たる者、考えることは常に民のことでなければならん。余とて魔族よ。闘争のない生活は少々退屈だが、それは統一戦争で存分にやった。これからは国力を回復させ民を癒す。余はここに千年王国を築き上げるのだ」

どんな魔族も成し遂げられなかった偉業をザグギエルは成し遂げようとしていた。

『正気ですか？　魔王となった今、お前は人間へのどうしようもない憎悪に駆られているはず。なぜ耐えられているのです……⁉』

「襤褸《ぼろ》を出し始めたな、女神よ。耐えているのは仕組みを理解しているからだ」

そう、この頭の中で渦巻くどす黒い願望も、自分のものではないと理解していれば、意識の隅に追いやれる。

『歴代の魔王は皆、理由もなく人間を虐殺したがった。そして虐殺の果てに、対抗存在として生まれる勇者に討たれるのだ。何年も何年も、貴様らはそうやって繰り返してきた」

『お前は、いったいどこまで知っているのですか……？』

「何も知らんさ。知っているのは我ら魔族が効率よく魂を貴様ら上位存在へと送るための収穫機で、人間たちが貴様らの食糧だということくらいだ。増えれば収穫し、減ればまた育てる」

ザグギエルは玉座から立ち上がり、高い天井を、その先にいる神々を睨《にら》みつける。

「余は貴様らの作った糞《くそ》のような構造に呑《の》み込まれてやるつもりなどない。余は余の意思で世界を支配する。余を舐《な》めるなよ、女神を気取る邪神風情が」

ギィィ、と軋《きし》むように口端を広げ、ザグギエルは嗤《わら》ってみせた。

『……そうですか。分かりました。お前は使えないと判断します。魔王の選定はやり直しですね』

「本性を隠す気もなくしたか。神託を授けるしか能のない貴様が、余に何をすると？」

嘲《あざけ》ってみせたが、相手は上位存在、高位の次元に住む化物だ。

ザグギエルは両拳《こぶし》を握り、戦いに備えて魔力を練り上げる。

そんなザグギエルを哀れむような声で女神は言った。

『魔王ザグギエル、慈悲の心を持たぬ冷酷な男よ……。あなたに試練を与えましょう……』

「……試練だと？　何を言っている？」

『力に溺《おぼ》れ、欲のまま振る舞い、民を虐げようというその悪しき行い、女神として見過ごすわけにはいきません』

先ほどまでの会話と、まったく反対のことを言い出した女神に、ザグギエルは怪訝《けげん》に眉《まゆ》をひそめ、答えに思い至ってハッとした。

「貴様……！　余を無理矢理、神の試練の定義に納める気か……！」

『重き試練です。あなたはその力の一切を失い、地を這《は》って暮らすことになるでしょう。ですが、神は寛大です。乗り越えられぬ試練を課したりはしません』

「ぐ、ぐぬうううううっ！　体が、体が焼けるように熱い……！」

体から湯気が立ち上り、見る見る視界に映る景色が低くなっていく。

手足は短くなり、全身は黒い毛に覆われ、声すらまともに発せなくなってきた。

『あなたに課す試練は一つ。それは百万の愛をその身に受けること。誰にも愛されぬ冷酷な王よ、愛し愛される心を知りなさい』

天から神々しい光が降り注ぎ、クルミ大の種が落ちてくる。

『その種が芽吹き、花開くことがあれば、あなたの呪いは解け、元の姿を取り戻すでしょう。しかし、それまであなたの姿は醜い小動物のままです。その姿のまま百万もの愛を授かるのは大変でしょうが、なに、あなたならきっと乗り越えられることでしょう。試練を乗り越え、優しい魔王となれる日を期待していますよ』

「貴様ァッ……！　何が試練だ……！　ただの卑劣な呪いではないか……！　この邪神めが……邪

神メウッ……！」

もはやメウメウと鳴くことしか出来なくなった体が、玉座から転げ落ちる。

よろよろと起き上がった先には、落ちてきた種が転がっていた。短くなった手を種に伸ばすが、ザグギエルより先に、その種を拾う者がいた。

「様子がおかしいと思って見にきてみれば、まさかこのようなことになっていたとは……」

『お、おお、ザーボックか……！』

腹心である男が、ザグギエルを見下ろしていた。

不健康そうな肌にやつれた頬、落ちくぼんだ目だけがギラギラと光っている。

「ふむ……」

摘《つま》み上げた種をしげしげと観察し、手の平の上で転がす。

「これが呪いの原因ではなさそうですな。呪いの解放度を測る呪物のようなものでしょう。破壊しても意味はなさそうです」

『そうか。だが、余の右腕たる貴公が事情を理解してくれていて助かったぞ。百万の愛と言っていたな。女神め、余が民からどれだけ支持されているのか理解していなかったと見える。宰相であるお前が保証すれば、このような姿でも民は余が魔王ザグギエルであると理解するだろう。このような呪いなどすぐに解いてくれるわ』

ザーボックは片眉を上げた。

「はて？　不思議ですな。私の目には魔王様などどこにも映っておりませんが」

『ザーボック？　何を言っておる。余と女神の話を聞いていたのであろう？　余が魔王ザグギエルだ』

「メウメウとやかましいケダモノですな。私にこのような知り合いはおりません」

『なっ……⁉　ザーボック、貴様まさか裏切るつもりか⁉』

「衛兵！　魔王様のお姿がないぞ！　何をしていた！」

糾弾するザグギエルを無視して、ザーボックが声を上げる。

鎧《よろい》姿の兵士が分厚い鉄扉を開けてなだれ込んできた。

「こ、これはいったい……⁉　ザーボック様、魔王様はいずこへ⁉」

「それを調べるのが貴様らの仕事だろうが！　護衛の任を怠ったな！　重い処罰が下ると思え！」

一喝されて衛兵たちは身をすくめた。

「だが、今は魔王様を探すことが先決だ。国中に布令を出せ。なんとしても魔王様をお探しするのだ！」

「「「ははっ！」」」

疑いも持たず敬礼する衛兵たちを見て、ザーボックはニヤリと笑った。

「……ああ、それから害獣が入り込んでいたぞ。城の外で処分しておけ」

ザーボックはザグギエルの首根っこをつかんで、衛兵に突き出す。

『ま、待て。余こそが魔王――ガッ⁉』

全身がしびれ、ザグギエルはそこで意識を失った。

「妙な病気を持っているかもしれん。念入りに息の根を止めておくのだぞ」

電撃魔法を食らって煙を上げる毛玉を、ザーボックは衛兵に押しつける。

衛兵はいぶかしがりながらも受け取り、一礼をして玉座の間を退出していった。

ザーボックは彼らを見送ると、玉座に深く腰掛けて頬杖を突く。

「くくく、何という幸運か。諦《あきら》めていた地位が、こんなにも容易《たやす》く転がり込んできたわ」

ザーボックは元々魔王を裏切るつもりだった。

しかし、隙のないザグギエルにどうしようもないと諦め果てていたところにこの騒動だ。

女神には感謝しかない。

「そう言えばあの女神、魔王の選定をやり直すと言っていたな。神の都合など知ったことではないが、世が戦乱に戻るというのならば結構。略奪に虐殺。それこそが魔族の本懐よ。おおいに楽しませてもらおうではないか！」

手の中で種を転がし、ザーボックは高らかに笑い続けた。

† † †

それからは地獄だった。

忠実な衛兵は気を失ったザグギエルをめった刺しにしてから火を付け、ゴミと一緒に放り捨てたが、それでもザグギエルは一命を取り留めた。

呪われた体は脆弱《ぜいじゃく》だったが、その呪いのせいか死ぬことだけはなかった。

城を追われたザグギエルは、何とか魔王であることを信じてもらおうと様々なものに話しかけたが、誰も信じるわけがなく手ひどい扱いを受けた。

踏みにじられ、嘲笑《あざわら》われ、戯れに傷つけられ、ザグギエルはそんな生活を数百年ものあいだ続けた。

泥水をすすり、虫や草を食べて飢えをしのいだ。

みじめだった。苦しかった。

女神への憎しみや、裏切った部下への怒りも、数百年の間にすり切れてしまった。

自分がなぜ生きているのかも分からないまま、ただ放浪する日々。

元に戻ることすら諦めていたある日、ザグギエルは海に落ちた。

そして海流に乗り人間の大陸まで流れ着いたが、そこでも何かが変わることはなかった。

なにせスライムにすら勝てない貧弱な体だ。

相手が変わるだけで、虐げられる生活は何も変わらなかった。

だが、その日はいつもと少し違った。

『グゲゲゲゲ！　ザマァないですなぁ！　魔王様！』

『本当にこいつが元魔王なのかよ⁉　弱すぎて話にならんぜ！』

耳障りな鳴き声を上げて、空を飛ぶ二羽の巨鳥が嗤う。

『ぐ、貴様ら……』

よろよろと体を持ち上げ、空を睨みつける。

だが口から出る言葉は、「メウメウ」という子猫のような弱々しい鳴き声にしかならなかった。

『にしても、しぶといねぇ。俺らが遊んでるっつっても、そろそろ死んでも良いんじゃないか？

これじゃあ命令が果たせないぜ』

『腐っても元魔王ってことかねぇ。牙《きば》もねぇ爪もねぇ。ぐにゃぐにゃで柔らかいだけの毛玉なのに、一向に死ぬ様子がねぇ』

奴らの言うとおり、これだけ執拗《しつよう》に攻撃を受けたら、普通はとっくに絶命しているだろう。

だが、そうはならない。

この肉体の質《たち》が悪いところは、死のうにも死ねないことだ。

見た目どおり何の力も持たないゴミのような体だが、生命力だけは無限にあった。

これも神の呪いの一つなのか。どれほどの傷を負っても、毒を浴びても、溺れても、燃えても、飢えても、死ぬことだけはなかった。

そのくせ、苦痛だけはしっかり感じるのだから、ひどい話だ。

まさしく生き地獄のような日々を送ってきたが、今日襲いかかってきた敵はいつもの魔物たちとは様子が違った。

何故か自分の正体を知っていて、誰かの命令で動いているらしい。

力を失った自分を、今さら殺したところで何になるというのか。

むしろ殺せるものなら、いっそここで殺して欲しい。

独りで惨めに生き続けるのは、もう疲れた。

その時だった。

「そこまでです！」

巨鳥たちと自分の間に割って入る、誰かの影。

まるで自分を守るかのように立《た》ち塞《ふさ》がった人影は、見目麗しい少女だった。

「これ以上のモフモフへの狼藉《ろうぜき》は、このわたしが許しません！」

毅然《きぜん》と言ってのけると、襲いかかってきた巨鳥たちをあっという間に倒してしまった。

そして怪我をして呆然《ぼうぜん》としている自分を、優しく癒してくれたのだ。

数百年ぶりに、いや、もしかしたら生まれて初めてこんな風に優しくされたかもしれない。

抱き上げられ、優しく撫《な》でられる。

他者のぬくもりとは、こんなにも心地良いものだったのか。

見上げると、大きな黒曜石のような瞳《ひとみ》と目が合った。

「ん、なぁに？」

少女は優しく微笑んだ。

『余は……』

少女の微笑みを見て、ザグギエルは胸が詰まるような、それでいて温かくなるような気持ちになった。

呪いをかけられて数百年目にして、ザグギエルは初めて愛に触れたのだ。

† † †

懐かしくも忌まわしい、しかし最後には救われた夢。

ザグギエルは少女に抱きかかえられた温かさが夢の名残であると、起きたばかりの頭で気がつく。

この肌に残るぬくもりはザグギエルがずっと求め続けてきたものだった。

最弱の魔物に身を落とされ、耐えがたい苦痛と飢えと惨めさに遭《あ》わされ続けた数百年は、ザグギエルの心をすり減らしきっていた。

あの傲慢《ごうまん》な女神にも屈し、許しを請おうとすら考えていたザグギエルの前に、カナタは颯爽《さっそう》と現れ、当たり前のように手を差し伸べてくれた。

カナタのぬくもりが、摩耗した心をどれほど救ってくれたことだろう。

ザグギエルは体を起こす。すぐそばには黒髪の少女が静かに眠っていた。

カナタ・アルデザイア。

整いすぎた容貌《ようぼう》は、黙っていると氷のように冷たい印象を与えるが、話し始めればコロコロと表情が変わる面白い性格をしている。

才能にあふれながら、こんな役に立たない魔物をそばに置くことを選ぶ時点で、相当な変わり者だろう。

だが、彼女がいなければ自分は今でも地べたを這いずり回って、明日に何の希望も見いだせぬまま、死ねない日々を送り続けていた。

カナタにはどれほど感謝してもしきれない。

『カナタよ。余は貴公のためならば、どんなことでもやってのけてみせるぞ』

頬にかかった長い髪を前足で払ってやり、ザグギエルは心に誓う。

「えっ⁉　ホントに⁉」

その言葉を待っていたかのように、カナタがパチリと目を覚まして飛び起きた。

反動でベッドから飛ばされたザグギエルを空中でキャッチし、その柔らかい腹に顔を押しつける。

「どんなことでも⁉　どんなことでもって言ったよね⁉」

『あ、ああ、うむ。確かに言ったが……』

ぐりぐりと顔を押しつけてくるカナタの頭をなでながら、ザグギエルは今の発言は失敗だったのではと不安になってきた。

「じゃあじゃあ！　今までは我慢してたあんなモフモフやこんなモフモフもして良いの⁉」

『今までは我慢していた、だと……⁉』

あれで？

人前ではとても見せられないあの容赦のない甘えっぷりで、我慢していたと言うのか。

では、我慢しなくなったカナタのザグギエルへの接し方はいったいどうなってしまうのか。

ザグギエルは頬を引きつらせた。

『ど、どんなことでもというのは、おもに戦闘面での話でな……。貴公の言うどんなことでもとは少々齟齬《そご》があるような――』

ザグギエルは過ちを訂正しようと、腹に顔を押しつけるカナタを押しのけようとするが、まったくびくともしない。

カナタは完全にスイッチが入っていた。

「ザッくん♥　ザッくん♥　ザッくん♥　ザッくんんんんんんっ‼♥♥♥♥♥♥」

『か、カナタ、落ち着け、カナタぁぁぁぁぁぁぁぁぁぁぁぁぁぁぁぁぁぁあっ⁉』

ザグギエルは起き抜けから、描写できないレベルでモフられたのであった。

† † †

「ふんふーふー♪」

カナタは上機嫌で街を歩く。

右肩にはぐったりしたザグギエルが布団のようにのびていた。

「ザッくん素も補給できたし、元気いっぱいだよ」

ザッくん素とはいったい……。

ザグギエルは気になったが、深く聞いてはいけないと本能的に察した。

『何はともあれ、ギルドの仕事をこなして資金も得た。これで旅の準備が出来そうだな』

「うんっ。やっとだよー」

今日こそ旅の準備をするべく、カナタの意気込みは充分だ。

今度は資金も充分にある。

先日の下水道クエストの報酬は相当な額に上った。

それも当然のことだろう。

一歩の距離を清掃して銅貨三枚のクエストで、下水道のほぼ全域を浄化してしまったのだ。

報酬をケチるために歩合制にしたのが運の尽き。

依頼者である役所が支払う報酬は金貨六〇〇枚だ。

あまりの大金にその場で払えるはずもなく、役人の泣き土下座が発動した。

カナタの寛大な処置により、役人の首は皮一枚で繋《つな》がったのであった。

しかも報酬の八割以上はカナタの提案により、下街の環境改善計画に用いられることになった。

役所としては長年悩まされていた王都の問題が一気に解決されることになる。

そのことを知った役所の者は、そろってカナタを聖女と褒め称えた。

結果的にカナタの報酬が減じたとは言え、まだ金貨は一〇〇枚もある。

旅を始めるには充分すぎる額だった。

「テントと寝袋は冒険者ギルドで上等なものを販売してるって教えてもらったから、まず探すのは食糧かなぁ」

ギルドの受付嬢であるメリッサは、テントと寝袋は熱心にギルド謹製のものを勧めたが、保存食だけは絶対にギルドで買うな、と鬼気迫る顔で忠告してきた。

なんでも、ギルドが発注している携帯用の保存食は、大層優れたものであるらしい。

四角く固めた保存食は、こぶし程度の大きさで一日分の栄養をまかなえる。

クエストで各地へ赴くため、なるべく荷物を減らしたい冒険者たちにとってはありがたい食糧だった。

栄養価が高く、数年常温で放置しても腐らない。

保存食として完璧《かんぺき》である。

ただし、その味を除いてだが。

食べた者いわく『乾かしたゲロと、牛乳を拭《ふ》いて放置した雑巾《ぞうきん》と、犬の小便がかかった雑草を混ぜたような味』だそうだ。

安価なので金のない下級冒険者にとっては必需品なのだが、金さえあれば誰も好き好んで食べたがる代物ではなかった。

もちろん元冒険者であるメリッサも保存食の味を体験した一人であり、鬼気迫る忠告は将来有望な後輩に被害が及ばないようにする先輩としての優しさであった。

『うむ、食糧はもちろん必要だな。だが、身に着ける装備も重要だぞ。まさかその格好で旅立つわけにも行くまい』

「そう？　このままでも可愛いと思うけどなぁ」

『う、うむ。確かに余も愛らしいとは思うが、防御には不安が残るだろう？』

ザグギエルが指摘したとおり、カナタの格好はルルアルス女学園の学生服のままだ。

仕立ての良い生地で作られたその服は、見た目以上にしっかりした作りだが、長旅に耐えられるものではないだろう。

王都の外に出れば、凶悪な魔物や夜盗がうようよしている。

いかにカナタが強くとも、剣も鎧《よろい》も持たぬのはあまりに危険だとザグギエルは思った。

「うん！　分かった！　ザッくんが言うならそうするね！　どうせ作るなら最高の鎧を仕立ててもらわなきゃ！」

『カナタが分かってくれて、余も嬉《うれ》しいぞ。ちょうど良いところに、武具屋があるではないか。さっそく入ってみよう』

「うん、まずは鎧の注文からだね」

カナタたちは見かけた武具屋の扉を開ける。

「すみませーん」

「はい、いらっしゃい！　これは可愛らしいお嬢さんだ。何がご入り用で？　剣なら細身のものがありますよ。鎧もミスリル銀製の軽い軽装鎧が入荷したばかりです！」

笑顔で出迎えてくれた気の良い店員に、カナタは金貨の詰まった革袋を差し出した。

「このお金で、最高の鎧を売って下さい！」

「おお、これだけの額があれば、最高級の鎧をご用意できますよ！」

金貨を数え、久々の上客に店員は目をGにして揉《も》み手《で》をした。

「ではさっそくサイズを測りますので、こちらにどうぞ」

「お願いします！」

カナタは頭を下げて、巻き尺を手にした店員に差し出した。

ザグギエルを。

『？　カナタ？』

「お客様？」

きょとんとするザグギエルと店員に、カナタは笑顔で言った。

「この子のために最高の鎧を下さい！」

† † †

カナタは両手で抱えたザグギエルを突き出す。

重さで柔らかい体がびろーんと伸びて、餅《もち》のようだ。

「鎧を、この猫？　に着せるのですか？」

武具屋の店員はザグギエルを見て首をかしげる。

『む！　無礼者め！　余は猫ではない！』

猫呼ばわりされて、ザグギエルはプンスカと怒った。

短い足をパタパタとさせる姿に、カナタはうっとりする。

一方、店員はびっくり仰天だ。

「ね、猫が喋《しゃべ》った⁉　ま、まさか魔物⁉」

「はいっ、わたしの大切な仲間ですっ」

「魔物が仲間⁉　と、ということは、お嬢さんは魔物使いなのですかっ？」

「はい！　新人魔物使いです！」

カナタは胸を張って自らが底辺職であると名乗る。

店員は少女が魔物を連れている理由に納得すると同時に不安になった。

魔物使いは選定の儀において、どんなに才能がない者でも、大抵は神に啓示される職業である。

しかし、実際に魔物使いになることを選ぶ人間は圧倒的に少数だ。

魔物を仲間に出来ると言っても、自分より弱い魔物しか仲間に出来ない魔物使いなど、冒険者になっても大して役に立たない。

職業の能力補正により本人も大幅な弱体化を受け、仲間にした魔物も弱すぎて、薬草拾いやドブ掃除をするのが関の山だ。

そんな魔物使いに装備を買える金など……。

そこまで考えて、店員は自分が渡された袋のことを思い出した。

金貨袋の重さは相当なもので、偽金のようにも見えなかった。

支払いに困ると言うことはないだろう。

身なりも良いし、よく見たら、着ているのはルルアルス女学園の制服ではないか。

おそらく上流階級の子女が、ささやかな冒険心や親への反抗心で魔物使いになってしまったのだろう。

貴族の人間なら、職業が何であろうと人生安泰だ。

この大量の金貨も、金持ちの道楽と考えれば得心がいく。

真実を知らない店員はそう考えた。

「しかし、魔物の鎧ですか……」

武具屋の店員も魔物の鎧を注文されたのは初めての経験だ。

魔物使いはただでさえ能力のマイナス補正がかかるため、自己の防御を最優先に考えるのが普通だからだ。

自分より魔物の装備を優先させようなどという酔狂な者がいるとは思わなかった。

さりとて注文を受けた以上は、出来ないと断るのは武具屋の沽券《こけん》に関わる。

「で、では、お体を測らせていただきますね」

店員はまず鎧を装着するザグギエルを検分することから始めた。

魔物は恐ろしい存在だが、目の前にいる魔物は丸っこい黒猫にしか見えない。

こんな少女に捕まるくらいだから、相当な弱さなのだろう。

店員は巻き尺を片手に、てきぱきと体型や関節、体毛の量などを調べた。

体はゼリーのように柔らかく、全身がふわふわの毛で覆われている。

足は短くどこからが頭でどこからが体かも判別できないほど丸い。

このような体に合う鎧となると、関節部が少なく上からすっぽりかぶせるようなものにするしかないという結論に店員は至った。

「ちょっと失礼しますね」

店員は思いつきで、飾ってあったミスリル製の装具一式から兜《かぶと》だけを外して持ってきた。

本来は少女の方に売りつける予定のものだったが、このサイズ感は丸っこい魔物にぴったりなのではないだろうか。

兜を鎧に見立ててザグギエルの上からかぶせると、あつらえたかのように丸い体にフィットした。

「ほら思ったとおり、ぴったりだ！」

『む、確かに着け心地は悪くないが……。どうだ、カナタ？　勇ましいか？』

ザグギエルはカナタに問いかけるが、カナタは顔面に隕石《いんせき》を受けたかのようにのけぞった。

「か、可愛すぎますぅっ……！」

兜にすっぽり収まったザグギエルは、殺人的な可愛さでカナタのハートを貫いていた。

鎧を別に作ることになっても、この兜も一緒に買おう。絶対買おう。

カナタは心に誓った。

『む、むむむ……!?　カナタ、これはいかんぞ。問題発生だ』

「ザッくんの可愛さは大問題だよ。わたしそのうち鼻血噴くかもしれないよ」

もぞもぞと身じろぎするザグギエルを見て、カナタはさらに興奮する。

『それは心配になるからやめてくれ。……ではなく、この兜は駄目だ』

「え？　どうして？　そんなに可愛いのに……」

『可愛いかどうかは別にして……』

ザグギエルは兜を着たまま立ち上がろうとして、微動だにすることさえ出来なかった。

『こ、この兜は重すぎる……。一歩も動けんっ……』

プルプルと震えるザグギエルはそれはそれは可愛かったが、動けないほど重いのであれば仕方がない。

カナタは兜を諦《あきら》めることにした。

「そっかー。じゃあ、店員さん、これはやめて一番軽いのを……」

「あの、お客様。当店ではこの兜より軽いものはご用意できません……」

ミスリル銀は革より軽い。

水に浮くとまで言われた魔法の銀は赤子でも頭にかぶれるくらいの軽さだ。

だが、ザグギエルの貧弱さはその比ではなかった。

『ぬ、ぬおおおおおっ……！　なんのこれしきっ……！』

ザグギエルは渾身《こんしん》の力で立ち上がろうとするが、やはりその場でプルプル震えるだけだった。

「申し訳ありません。この兜で駄目なら、当店ではお客様のお望みを叶《かな》えることは到底無理でございます……」

武具屋の店員が敗北した瞬間だった。

まさかミスリル製の装備を身に着けられないほど弱い存在がこの世にいるとは。

ザグギエルの貧弱さは店員の想像を超えていた。

† † †

結論から言うと、カナタの『ザッくんアーマード計画』は断念せざるを得なかった。

「またのご来店をお待ちしておりますー」

申し訳なさそうに頭を下げる店員に見送られ、カナタは武具屋を後にする。

「『はーぁ……』」

主従は各々が違う理由でがっくりと肩を落として溜息《ためいき》をついた。

『まさか余の力がここまで落ちているとは……』

「兜を着たザッくん可愛かったのになぁ……」

男たるもの可愛いより格好良いと言われたいザグギエルだったが、空気を変えるために咳払《せきばら》いする。

『此度《こたび》のことは仕方あるまい。余の力不足は申し訳ないと思うが、着られぬものはしょうがない。潔く諦めるとしよう』

そもそもカナタの装備を新調しようという話をしていたはずなのに、何故か自分の装備を整える話になっていたことがまず疑問だった。

今からでもカナタの装備を買うように進言しようか。

ザグギエルがそう考えたところで、落ち込んでいたカナタが顔を上げた。

「……まだだよ。ザッくん」

『なんだと？』

「ザッくんの最強装備が売ってないなら！」

『ないなら？』

「作れば良いんだよ！」

『作るだと？　カナタには鍛冶《かじ》能力まであったのか……』

実際あった。カナタは可能な限りの技能は習得している。簡単な武器くらいならばすぐにでも打てるだろう。しかし、カナタはザグギエルには最高の品を用意してやりたかった。

「本職の鍛冶師さんを探して作ってもらうの！」

ザグギエルをもっと可愛らしく、もっとフワフワなモフモフに進化させられるアイテムを作ってもらうのだ。

何も鎧にこだわる必要はない。リボンなどどうだろう。よく似合うんじゃないだろうか。

「うへへ……。ザッくん可愛い……」

『カナタ。おい、帰ってこい。脳内でどんな幻想を見ているのだ……』

「うへへへぇ……」

もはやカナタの思考は、ザグギエルが最初に提言した目的から脱線しまくっていた。

可愛らしく着飾ったザグギエルの姿を夢想しながら、街を歩いていく。

トリップしながらでもカナタの勘は冴《さ》え渡っていたのか、商店街を抜けて細い路地を歩いていると、なんと鍛冶屋の看板を掲げた店を発見した。

『まさか本当に見つかるとは……』

「ごめんくださーい」

カナタが店の扉を開けて中に入ると、先客がいるのか話し声が聞こえてきた。

深刻な話をしているのか、カナタが入店したことに気づいていないようだ。

「……だからねぇ、お嬢さん。いい加減この店を手放してもらえやしませんかね？　お父さんの残した借金、返せないんでしょう？」

「か、返す！　必ず返すからもう少し待ってくれ！」

派手めな服に身を包んだ男に、作業着を着た少女が頼み込んでいる。

男の方は明らかに堅気の身なりではなかったし、少女の方は上半身は薄着だが、火から体を守る分厚い前掛けを着けていることから、この鍛冶屋の職人であることが分かった。

普段なら火の熱で赤く焼けているであろう肌は、血の気を失って青ざめている。

原因は男と話し合っている借金の話のようだ。

「頼む！　待ってくれ！　お願いだ！　お願いします……！」

ポニーテールに結った頭を深く下げるが、男はしらけた目を向けるだけだ。

「そう言われてもねぇ。返す当てなんてないんでしょう？　鍛冶屋が鉄を打てないんじゃ商売にならないでしょうが。売り物を作らないで、どうやって稼ぐの？」

「そ、それは炉の火が消えちゃったから……。魔術師を雇ってまた炉の火さえ熾《おこ》すことが出来れば、仕事だって再開出来るんだ！」

少女は必死で訴える。男は笑みを浮かべて顎《あご》をさすった。

「でも、熾せないんでしょう？　この工房の炉は普通の炉じゃないですもんねぇ」

「そ、そうだよ。この炉は凄《すご》い炉なんだ。親父が作った最高傑作だ。親父が生きてた頃はこれを使って何でも作れた。火が突然消えてしまうまでは……」

「知ってますよぉ。ドラゴンの息吹よりも高い温度が出せる特別製の魔導炉でしょう。街の貧乏鍛冶屋には過ぎた代物だ。それを売り飛ばせば、借金は帳消しどころか、一生遊んで暮らせる金だって手に入るんじゃありませんか？　伝手《つて》がないならこっちで用意しますよ？」

「こ、断る！　これは親父の形見なんだ！　それになんでそこまでうちの炉に執着するんだ……？……まさかとは思うが、炉の火を落としたのはお前らじゃ……」

「やめて下さいよ。とんだ言いがかりだ。それにこの炉は壊れたわけじゃないでしょう？　また火を入れてやれば、動き出すんだ。でも、出来ない。だってお金がないんですからねぇ！　うちはもう貸しませんよぉ！　うち以外だってどこも貸してくれないでしょうねぇ！　借金まみれで回収の目処もつかない鍛冶屋になんて！」

「くっ……」

少女は悔しげに唇を噛《か》みしめた。

「ねぇ、お嬢さん。あんたもう詰んでるんですよ。炉は動かない。動かすための火を熾すには、よほど上級の魔術師を呼んでこなければならない。しかし、そんな高給取りを雇う金はない」

「う、うぅっ……」

「ね？　意地張ってないで、店を手放しましょうよ。こんなボロい店に上等な炉は相応しくない。大きな鍛冶工房に移してやった方が、こいつも喜ぶってもんですよ」

「！　やっぱり怪しい！　お前ら、うちの炉が欲しい他の鍛冶屋に頼まれて……!?」

「いえいえ、まさかそんな、ご冗談を。まぁ、そんな話はどうだって良いじゃないですか。重要なのは借金ですよ。返すんですか？　返さないんですか？　この場で決めて下さいよ。客の一人も来ない鍛冶屋なんて、借金がなくったって潰《つぶ》れるしかないんだから。店を手放すのが一番だと思いますけどねぇ」

うつむいた少女に男は下卑た笑みを浮かべて顔を近づける。

選択を迫られた少女は肩を震わせて、目を泳がせた。

確かに男の言うとおりなのかも知れない。借金を返す当てがない以上、この店を手放してしまうしか手段が思い当たらない。

借金取りが言っていることは正しい。客が来なければ収入もないのだ。炉が動かなくなって何も作れなくなった鍛冶屋に来る客なんているはずがなかった。

「いますよ、お客さん」

「うわぁっ!?」

二人の横に顔を出したカナタに、男はビックリしてのけぞった。

「お話中、邪魔してごめんなさい」

「わ、分かってるなら入ってくるなよ。こっちが先客だよ」

「でも、このままだとお店なくなっちゃうんですよね？　それはわたしも困るので」

「なんだ？　今までの話を盗み聞きしてたのか、あんた？　いやらしいねえ。助ける気もないくせに人の不幸を見物するなんて。今さら出てきたのは罪悪感からかい？　正義感かい？　こっちは証文だってある正規の金貸しだ！　いちゃもんなんて付けようもんなら、捕まるのはお嬢ちゃんの方だぜ！」

「でも、放っては置けませんし……」

「はん！　放っとけなかったらどうするんだい？　あんたが借金を肩代わりでもするって言うのかい？　この鍛冶屋の抱えた借金は利子が膨らんで金貨一〇〇枚だ！　返せるものなら返してみろ！ほら！　どうした！　金貨一〇〇枚！　耳そろえて払ってもらおうか！」

「はいどうぞ」

「ありがとう。ってうわあああああああっ⁉」

カナタがポンと手渡した金貨袋に、まくし立てていた男はひっくり返った。

「ちゃんと一〇〇枚ありますよ。証文下さい」

「あるうううううっ‼　一〇〇枚あるうううう‼」

カナタを威圧して追い返そうとしていた男は、まさか本当に金貨一〇〇枚を渡されるとは思っていなかったのか、半狂乱になって首を振った。

「それじゃあ、これはもういらないですね」

カナタは借金の証文を放り投げると、風魔法で切り刻んだ。

その瞬間、厚みのある紙は埃《ちり》と化す。何本の風の刃を放てば、紙を埃になるまで分解出来るのか。

借金取りは埃を浴びてくしゃみをし、相手がただ者ではないと悟った。

「ひ、ひえええええっ！　お邪魔しましたぁぁぁぁぁっ！」

腰を抜かしたまま、男は鍛冶屋から逃げていった。

「あ、あんたはいったい……？」

呆然《ぼうぜん》と見つめる娘に、カナタは微笑みを浮かべて答える。

「魔物使いです♪」

† † †

「あたしは、リリ。この鍛冶屋を経営してる。と言っても、継いで早々トラブル続きでまともに仕事が出来てないんだけど」

「そうなんですか。大変ですねぇ。わたしはカナタです」

『ざっくんという』

「本当に魔物を従えてるよ……。魔物使いって言うのは嘘じゃないんだな」

珍妙な客だが、リリが店を継いで初めての客だ。

とにかく注文を聞いてみることにしたが、リリからするとなんとも不思議な依頼だった。

「ええと、つまり、猫なんだかスライムなんだかよく分からないこの毛玉に装備をくれてやりたいと？」

「ですです」

『よろしく頼む』

頭を下げるふたりに、リリはこめかみを掻《か》いた。

「いや、よろしく頼まれても……。借金を肩代わりしてくれたのには感謝するよ？　おかげで助かった。何があってもこの借りは必ず返す」

『余もまさか全額渡してしまうとは思わなかったので驚いた。だが、胸がすっとしたぞ。それでこそ余の主人だ。義を見てせざるは勇なきなり。貴公の魔物として、カナタを心より尊敬する』

「ええー、そんなー、褒めすぎだよー」

だって、モフモフアイテムを手に入れられるなら安いものだし。という欲望まみれのつぶやきをザグギエルは聞き逃していた。

「だからさ、さっきの話聞いてたんだろ？　うちの工房の炉は火が消えちゃってて、何か作ろうにもどうにも出来ないんだ」

「この大きな炉に火を付ければ良いんですか？」

工房に設《しつら》えられた分厚い鉄扉を触ってカナタが問う。

「ああ、だけどただの火じゃ無理なんだ。これは魔導で動く炉で、最初に魔法の火で種火を作ってやれば半永久的に動く代物なんだけど、その最初の火が厄介でさ。相当な火力じゃないと熾せないんだ。そんな火炎魔法を使える魔術師なんて王都中を探してもいるかどうか。いたとしても、雇える金なんてないし……」

「こんな感じですか？」

「そうそう、最初にこれだけ強力な火炎魔法をぶち込んでやれば、あとは勝手に――って、えええええええええええっ⁉　なんでぇぇぇぇぇぇぇぇぇぇぇぇぇっ⁉」

ごうごうと深紅の炎を吹き上げる魔導炉を見て、リリは仰天した。かつての姿、いやそれ以上の活力で炉は動き出している。

いったい、何をやればこんなことが出来るのか。

「今自分で言ってたじゃないですか、魔法の火で種火を作れば良いって」

「あんたが出来るとは思ってなかったんだよぉぉぉぉぉぉぉっ‼　前に種火を頼んだ魔術師だって凄腕《すごうで》だったんだぞ⁉　なんでそれより今の方が火力が出てるんだよぉぉぉぉぉぉっ‼　あんた何者なんだよぉぉぉぉぉぉぉぉぉぉぉぉぉぉっ⁉」

「だから魔物使いですってば」

「……魔物使いって、こういうものだっけ……？」

こともなげに答えるカナタに、リリはぽかんとした。

魔物使いに対する常識を壊された者がまた一人誕生した瞬間である。

リリは混乱するが、今自分がどういう状況にあるかは理解していた。

カナタがこの鍛冶屋《かじ》に訪れてわずか数分の間に、借金と炉の問題があっさり解決してしまったのだ。リリにとって、カナタは突然現れた救世主だった。

「あ、あたし、どうしたら……。ここまでしてもらって……。あんたはまるでお伽噺《とぎばなし》に出てくる聖女様じゃないか……。無償でこんなに助けてもらっても、あたしには返せるものが何もないよ……」

「大丈夫、無償じゃありませんので」

「え？」

「バッチリ返してもらいます。ザックくんをモフモフ可愛くするアイテムで！」

「そ、そんなことで良いのか？」

「良いのです。むしろ、作ってもらえないと困ります」

カナタは本気で言っていた。

期待を受けたリリはブルブルと震え、握った両拳《こぶし》を大きく掲げる。

「よぉし！　分かった！　どんなものでもこのあたしが作ってやる！　大鍛冶師と呼ばれた親父の名に懸けてな！」

「やったぜー」

『……おかしいな。余の装備を手に入れるという話だったはずでは？　モフモフ可愛くするアイテムとはいったい？　いや、そもそも最初の話ではカナタの装備を整えるはずだったのでは……？

どこから脱線したのだ？』

強いて言えば最初から。

ザグギエルの疑問は、打ち合わせを始めた二人の少女の耳には届かない。

「いかにモフモフにするかが重要なんですよ！」

「そうか！　よく分からんが、あたしも毎日厳《いか》つい装備ばっかり作ってたから、そういう依頼は新鮮だぜ！　だが、ミスリル銀の兜《かぶと》さえ身に着けられない貧弱さじゃなぁ……。ミスリル銀より軽い金属ってのはなかなか……」

「無理ですか？」

「あー？　そういうこと言っちゃう？　鍛冶師がさぁ、無理とか言われたらさぁ。……できらぁっ‼　作ってやらぁっ‼」

「わーい」

啖呵《たんか》を切るリリにカナタは手を叩《たた》いて喜んだ。

「あんたが欲しいのはこの毛玉をモフモフとやらにするためのアイテムなんだろう？　だったらこいつが身に着けてる必要はないわけだ」

「ふむふむ？」

「まぁ、任せときな。恩人のためなんだ。どうせなら良い素材で作ってやりたいなぁ……。工房に今ある鋼材で使えそうなのは……」

リリは鋼材が収納されている棚をごそごそと漁る。しかし、いまいちピンとくるものがないようだ。

「あ、だったらこれ使います？　なんとなく持ってたんですけど、特に使い道がなくて……」

そう言ってカナタが取り出したのは、手の平サイズの鱗《うろこ》だった。

鈍く金属質な輝きを放つそれを受け取って、リリは拡大鏡を片手に吟味する。

「んー？　魔物の素材も使えないことはないけど、金属錬成しないと扱いにくくてってってって、これは⁉　まさか⁉」

思い当たった一つの可能性に、リリは目を見開いた。

『カナタが剥《は》いだ竜の逆鱗《げきりん》だな』

カナタの肩に登ってきたザグギエルが答える。

「幻と言われる、逆鱗？　しかもこれは真性の竜のものじゃないか⁉」

『いかにも』

自分が剥いだわけでもないのに、誇らしげにザグギエルは胸を張った。

「こ、こんな上等な素材を使わせてもらえるのか？」

「どうぞどうぞ。もし使って余ったら、それもプレゼントします」

「い、良いのか？　これを売ったら、さっきの金貨一〇〇枚なんて簡単に取り戻せるぞ？」

「良いんです良いんです。それでザックんがさらにモフモフになるなら、安いものです」

「……やれやれ、何から何まで滅茶苦茶なお客さんだよ。借金を帳消しにしてもらって、仕事をくれて、素材までくれて、それで応えられなきゃ鍛治屋じゃないよな。少しだけ待っててくれ。最高の品を作ってみせる」

リリはニッと笑って、ゴーグルをはめ、ハンマーを握った。

それからしばし、鍛冶屋の工房には鉄を打つ透き通った音が、久方ぶりに響くのだった。

† † †

「出来たぞー！」

「おおー！」

『これはいったい……』

リリが持ってきたのは、小さな持ち手が付いた短剣のような物体だった。

刃となる部分には無数の細かい針が並んでおり、その一本一本の細さはよく近づいて見ないと判別出来ないほどだった。

「これが、ザックくんをモフモフにするアイテム……！　これってもしかして……！」

「ふふん、どうやらこれが何か分かったようだね」

アイテムの正体に気づいたカナタに、リリは満足げに頷《うなず》く。

『この武器で余は強くなれるのか？』

「そうだね、最強（にモフモフ）だね。ザックくんここに座って。お膝《ひざ》の上」

『む？　装備させてくれるのか？』

不思議に思いながらも、ザグギエルは素直にカナタの膝の上に座った。

「では、いきまーす」

カナタが小さな持ち手を握って、無数の針でザグギエルの体をなでた。

『む、むぉぉぉぉぉぉぉっ⁉』

ぞわぞわとした快感にも似た衝撃が、ザグギエルの体を突き抜ける。

『な、なんだこれはぁぁぁぁぁぁっ⁉』

カナタがアイテムでなでつけるたびに、ザグギエルは恍惚《こうこつ》とした顔で嬌声《きょうせい》を上げた。

『こ、これは凄《すご》い！　昂《たかぶ》る！　すこぶる気分が高揚するぞ！』

「良かったー。じゃあ、もっとしてあげるね」

『うむ！　このアイテムはやはり余を強化するものだったのだな！』

「そうだよー。これでザッくんはさらにモフモフになるんだよー」

「なんかお互いの認識にすれ違いを感じるけど、喜んでもらえて良かったよ。あたしも貴重な体験が出来た。まさか竜の逆鱗でブラシを作る日が来るとはね」

そう、リリが作ったのは、武器でも強化アイテムでもなく、ブラシだった。

強靭《きょうじん》かつ加工次第でどのような硬度にも出来る竜の逆鱗を用いて作ったブラシは、動物の毛を使ったものより遥かに繊細な毛先を実現していた。

その繊細なブラシで全身の毛を梳《す》かれたザグギエルの姿は、まさしくモフモフ。依頼どおりの仕上がりだった。

「リリさん！　ありがとう！　最高にモフモフなアイテムだよ！」

『うむ、生まれ変わったような気分だ。今の余ならスライムごとき、瞬殺よ』

「あ、うん。喜んでもらえて良かったよ。その、頑張れよ」

強く生きろと、リリはザグギエルを励ました。

目当てのアイテムを手に入れ、カナタたちは幸せそうに鍛冶屋を後にする。

「また作ってほしいものがあれば、いつでも来なよー！　あんたたちなら、何でも作ってあげるからさー！」

「はーい、ありがとうございますー！」

『世話になった！』

「絶対だよー！　こんなんじゃまだまだ恩を返せてないんだからー！」

「はーぃ……」

返事をするカナタの声が遠くなって、ふたりの姿が見えなくなっても、リリは手を振り続けた。

「親父、あたし、もう一回頑張ってみるよ。もう寂しくない。あのふたりにはまた会えそうな気がするんだ。絶対変な注文を持ってきてさ」

ふたりが無茶な注文をしてくるであろう未来を想像し、リリはくくっと笑った。

「それまで、あたしも腕を上げとかなきゃなー」

聖火によって息を吹き返し、前以上の働きをするようになった魔導炉の調子を確かめにリリは工房へ戻る。

入り口の鈴が、祝福するように軽やかな音色を奏でた。

第6話　聖女さま？　いいえ、通りすがりの魔物使いです！

『うーむ、実に気分爽快《そうかい》だ。これほど晴れやかな気分は久しぶりかもしれん。どうだこの身のこなし、素早いとは思わないか？』

ザグギエルはカナタの両肩を行ったり来たりした。とても素早いとは思えなかったが、カナタのハートを撃ち抜くには充分だった。

「はぁはぁ、さらなるパワーアップを経たザッくん……！　素敵すぎる……！」

逆鱗のブラシによってモフモフの毛がさらに柔らかく仕上がったザグギエルと言ったら、天にも昇るなで心地であった。

『しかし、カナタよ。話を戻すが、そもそも余が必要だと言ったのは、余のものではなくカナタの装備なのだ。今からでも店に戻って、装備を新調してはどうか？』

あれだけしっかり見送ってくれたあとでとんぼ返りするのもどうかと思ったが、カナタたちが頼めばリリは喜んで装備を作ってくれるだろう。

「わたしの装備？」

『うむ』

「なんで？　いらないよ？」

きょとんと答えるカナタに、ザグギエルは短い前足をパタパタと振る。

『いやいや、いるであろう⁉　その学生服で魔物の攻撃から身を守れると――いや、実際カナタは守れているのだったな……』

戦いでカナタが傷一つでも負うところをザグギエルは見たことがない。

圧倒的な身体能力に高位の回復魔法や空間魔法まで操る才覚。

無敵と言わざるを得ない。

職業による能力のマイナス補正を受けてこれなのだから、常識を覆しすぎている。

「わたしよりザッくん優先だよ。ザッくんのモフモフに傷が付くなんて耐えられないよ！」

いやいや、カナタが。いやいや、ザッくんが。と押し問答になるが、結局はザグギエルが折れる形になった。

『むむう、こればかりは余が強ければ起きぬ心配であったな……。良かろう！　カナタが鎧《よろい》を身に着けぬと言うのならば、余が鎧など必要ないほどに成長してくれようぞ！』

「ザッくんが（わたしの鎧の代わりに）成長……⁉」

『うむ！　余がカナタを（強くなった肉体で）守ってみせようぞ！』

「（モフモフで）守ってくれるの⁉」

ザグギエルは強く強靱な魔物になった姿を想像し、カナタはさらにモフモフとなった姿を想像し、ふたりしてその将来に鼻息を荒くした。

「むふー！　それはたまらんですっ！」

『そうであろう！　そうであろう！』

主従の誤解は解けぬまま、商店街を歩いていると、人混みが目立ち始めた。

『なんだ？　なんぞ催し物でも始まったか』

「うーん、どうだろう。ここからだと見えないかなぁ」

先へ進むほど人は増えていき、どうやら人だかりは中街と下街を繋《つな》ぐ大門に注目しているようだ。

「開門！　開門ー！」

大きな門のため、普段は片方が閉じている門が全開しようとしている。

そして、門の奥から大きな車輪がついた台車が、沢山の馬に引かれてやってきた。

「おお、これは大きい……！」

「こんな大物を見る日が来るとはなぁ……」

民衆は台車を見て、正確には台車に載せられたものを見て歓声を上げた。

それは巨大な竜だった。

鋼の綱で何重にも縛り付けられ、逃げられないようにされている。

意識を失っているのか、竜が暴れる様子はない。浅い呼吸をゆっくりと繰り返しているだけだ。

しかし、その小さな鼻息一つで街路の砂塵《さじん》は巻き上がり、風で服をめくり上げられた民衆は悲鳴混じりのはしゃいだ声を上げた。

『あやつは、カナタが仕留めたドラゴンではないか』

「あ、ホントだ。首のところの鱗が取れてるから間違いないね」

カナタによって逆鱗をむしり取られた挙げ句、格の違いを思い知らされた炎にショックを受け今日まで昏倒《こんとう》し続けていたらしい。

ギルドによようやく回収の目処が立って、こうして街中まで運ばれてきたようだ。

生かしたまま連れてきたのは、王都の研究機関が実験に使うためだろうか。

人に害なす魔物とは言え、あの竜は今後ろくな目には遭わないだろう。

『かつての配下とは言え、余にはどうすることも出来ん。敗者は食われる。それが魔界の掟《おきて》だ。だが、見ていて気分の良いものではないな。カナタ、行こう』

「……あ、起きちゃう」

ザグギエルが立ち去るように促すと、カナタがぽつりとつぶやいた。

それと同時に、女性の悲鳴が街中に響き渡った。

「ど、ドラゴンが！　ドラゴンが目を開けたぞ！」

「麻酔で眠らせていたんじゃなかったのか⁉」

「効いてなかったんだ！」

細い瞳孔《どうこう》に見つめられ、人々は恐れおののいた。

皆、緊張で逃げ出すこともままならない。

ここまで竜を連れてきた職員たちも緊迫した様子だ。

馬をなだめながら、竜がふたたび目を閉じることを祈るしかない。

「だ、大丈夫だ。たとえ目覚めても、ドラゴンを縛り付けているのは特製の鋼綱だ。いかにドラゴンの膂力《りょりょく》であろうとも、そう易々と千切れたりは……」

部下を落ち着かせようと職員が言ったその言葉は、すぐさま取り下げなくてはならなくなった。

「GORURURURU……」

太い音で喉《のど》を鳴らしながら、竜の筋肉が隆起する。

大樹の幹のように節くれ立った四肢が膨張すると、張り詰めた鋼の綱はいとも容易く千切れてしまった。

「GARUOOOOOOOOOOOOON‼」

「「きゃあああああああああああっ‼」」

立ち上がった竜が咆吼するのと、民衆が悲鳴を上げるのは同時だった。

馬たちは怯えて暴れだし、職員たちは轟音《ごうおん》に耳を押さえ、民衆は将棋倒しになりそうな勢いでその場から逃げていく。

「なんということだ……」

その様子を呆然《ぼうぜん》と見上げるしかないギルド職員は、途方に暮れていた。

「もう駄目だ……。おしまいだ……」

口端からこぼれた涎《よだれ》にも気づかないほど、彼は絶望に支配されていた。

街中で竜が暴れれば、いったいどれほどの犠牲が出ることか。

家々は焼き尽くされ、人々はまとめて胃袋の中だろう。

王都は滅ぶかも知れない。

「GAROOOOOOOOOOOOOOOOOOOON‼」

拘束されていた竜の瞳《ひとみ》は怒りで真っ赤に染まっていた。

今さら、誰が許しを請うても竜は許しはしないだろう。

誇り高き自らを縛り付けた人間どもを鏖殺《おうさつ》す。

燃える瞳がそれを何よりも物語っていた。

「だ、誰か……誰か……誰か、助けてくれ……」

誰かとは誰が。いったい誰が助けてくれるというのだ。

この場にいる誰が、あの竜を倒せるというのだ。

助けを求める職員のか細い声は、竜の咆吼に飲まれて消えた。

† † †

人間どもに囚われたこの屈辱、絶対に許さん。

竜は怒りをあらわに、天へと咆吼する。

「に、逃げろぉぉぉっ！」

「お、押すなよ！　危ないだろ！」

「うるさい！　俺は死にたくないんだっ！」

民衆はパニックになり、押し合いになりながらも一斉に逃げ出した。

立ち止まったカナタの横を人々が激流のように通り過ぎていく。

『むぅ、あの目、怒りに我を忘れておる。放っておけば街は火の海になるぞ』

ザグギエルはカナタの肩でうめいた。

人間たちを助けてやる義理はないが、カナタの住む街だ。

一声命令されれば、命を張る覚悟がザグギエルにはある。

「うん、じゃあザッくん」

『ああ、今や矮小《わいしょう》な我が身ではあるが、カナタの命《めい》とあればこのザグギエル、命を賭《と》して止めてみせよう』

「ちゃんとしがみついててね」

『ぬ？』

残念ながら、張り切るザグギエルの出番はなかった。

肩に乗ったザグギエルの背中に手をやると、カナタは一歩を踏み出した。

押し寄せてくる民衆を風のように飛び越して、竜のそばに着地する。

「な、何をやってるんだ！　食われるぞ！」

その場を逃げ出すわけにはいかないギルド職員が、震える声でカナタに警告する。

しかし、カナタは気にせず竜にさらに歩み寄った。

『カナタよ、ここで倒すのか？　やつは見境がなくなっている。街中で戦えば被害が出るやもしれぬぞ？』

「ううん、戦わないよ。説得してみる」

『なんと⁉　カナタよ、それは不可能だ！　こやつは洗脳魔法を受けているとは言え、敵であるぞ！　それにこのように怒り狂っていては話が通じるとは思えん！』

「大丈夫。動物と仲良くなるには、一切の恐れを捨てて、裸で向き合わなきゃいけないって。心を無にしなさいって、動物王国の偉い人も言ってた」

ザグギエルにとっては意味不明の言葉をカナタは言う。

ゆっくり歩み寄るカナタに、竜が気づいた。

「GORURURU……」

最初の獲物はお前かと、怒りに染まった瞳で見下ろす。

そして、カナタの姿を確認すると、ピタリと動きが止まった。

「おお、見ろ……！」

「ドラゴンが、動きを止めた……！」

逃げ出していた人々が、竜の変化に気づいて足を止めた。

「大丈夫、怖くない……怖くない……」

カナタは優しい笑みを浮かべて両手を広げる。

竜が襲いかかってくる様子はない。

『なんと！　本当にカナタの想いが届いたというのか……！』

ザグギエルは驚愕《きようがく》する。

だが、竜の様子がおかしいことにすぐ気がついた。

突然ガクガクブルブルと激しく震えだしたのだ。

「GO、GORURURURURU……⁉」

それは恐怖による震えだった。

竜の脳裏に浮かぶのは、世にも恐ろしい敗北の記憶。いや、敗北という言葉すらなまやさしい。

あれは蹂躙《じゅうりん》だ。

何一つあらがうことが出来ず、逆鱗《げきりん》をむしり取られ、必殺の一撃《ドラゴン・ブレス》に倍する炎で力の差を見せつけられた。

竜の長い生《せい》の中でも、カナタほど恐ろしい存在に出会ったことはなかった。

抑えようのないこの震えがそれを物語っている。

その小さな体に自分を遥かに超える力を内包した怪物を前にして、竜は一切の希望を捨てた。

「GO、GORURUUN……GORURUUN……」

せめて楽に殺してもらおうと、か細く鳴きながら頭《こうべ》を垂れる。

「ほらね、怖くない」

『いや、これ以上ないほど怯《おび》えておるように見えるが……』

竜の鼻先をなでるカナタに、ザグギエルが突っ込む。

同時に、固唾《かたず》を呑《の》んで様子を見守っていた民衆から歓声が上がる。

「すごい！　あれほど荒れ狂っていたドラゴンを鎮めるなんて！」

「奇跡よ！　聖女の再来だわ！」

「ああ、あの慈愛に満ちた微笑み！　彼女こそ聖女に違いない！」

民衆は救世主に大歓声を送る。

ちなみに、当のカナタは『ドラゴンの鼻はなで心地が悪いなぁ……。やはりモフ度が足りない……』と思っていた。

†　†　†

「何ですって⁉」

輸送中の生きた竜が、ギルド特製の鋼綱を引きちぎり、街中で暴れ出した。

ギルドに駆け込んできた冒険者からその通報を聞いたとき、メリッサは血の気が引くのを感じた。

一般人が多くいる街中でそんな事態が起きれば、いったい何人が犠牲になり、どれほどの被害が出るか。

想像するだけで震えが来た。

「すぐに出発します！　住民の避難を最優先に、可能ならドラゴンを再捕縛、困難な場合は何としても王都の外へおびき寄せます！」

ギルド長に許可を求めている時間が惜しい。

冒険者上がりのギルド職員の中で最高位のメリッサが指揮を執る。

「やはり真性のドラゴンを生きたまま捕らえるなんて無茶だったんだわ。研究所が余計なことを言い出さなければこんなことには……！」

生きた竜という貴重な資料。ぜひとも生かしたまま連れてこい。

などと無理を言ってきた王立研究機関に恨み言を吐きながらも、メリッサたちは武器を取る。

こうなった以上は命を懸けて戦う覚悟だった。

手の空いている冒険者と武装したギルド職員たちが総出で駆けつける。

しかし、竜が暴れていると通報を受けた場所から聞こえてくるのは、悲鳴ではなく歓声だった。

死人どころか怪我人《けがにん》すら見つからない。

民衆はみな笑顔で、拍手喝采《かっさい》を送っている。

「奇跡だ」「聖女だ」だのの声まで聞こえてきた。

「ど、どういうことなの……⁉」

歓声はどうやら人だかりの向こうの人物に向けられているらしい。

「すみません、通して下さい！」

メリッサたちは民衆を掻《か》き分け、人垣を抜ける。

そこには――

「あ、メリッサさんだ」

「ＧＯＲＵＲＵＵＵＮ……ＧＯＲＵＲＵＵＵＮ……」

黒髪の少女が大人しくなった竜の鼻をなでていた。

地面に平伏して全身で降参の意を伝える竜は、まるで雨に震える子犬のようだ。

優しくなでる少女の手が、今にも自分の鼻をもぎ取るのではと怯えている。

「か、カナタさん⁉　またあなたなんですか⁉」

カナタの存在が頭をよぎらなかったと言えば嘘になる。

だが、都合良くこの危機に参上してくれているとは思っていなかった。

カナタと怯える竜。

この二つを見ただけで、メリッサは何が起こったか理解した。

「カナタさんの規格外っぷりは、今さら言うまでもありませんね……」

勇ましく引き抜いた細剣の向け場所を失い、メリッサは力なく鞘《さや》に収める。

竜の巨体は恐ろしいが、カナタがいる限り暴れ出すことはなさそうだ。

一度完膚なきまでに打ちのめされた記憶は、竜の根底に深く刻まれているらしい。

「こんにちは、メリッサさん。昨日ぶりですね」

「はい、こんにちは――ではなく！　昨日に続いて今日もですか……！　カナタさん、あなたは本当に、何なんですか……⁉」

巨鳥兄弟の討伐から始まり、竜を一蹴、下水道の完全浄化、そしてまた王都の危機を未然に防ぐ。

わずか三日の出来事だ。

物語に語られるような英雄でも、ここまでのスピードで偉業はなせないだろう。

「いえ、その前に礼を言わねばなりませんね。カナタさん、あなたのおかげで民衆に被害が出ずに済みました。我々だけではどうなっていたか……。本当にありがとうございます」

深々と頭を下げるメリッサに、カナタは軽く手を振る。

「いえいえ、買い物のついでですから」

竜を屈服させるのは、買い物のついででやるものなのだろうか。

メリッサは自分の常識が正しいのか、不安になってきた。

「しかし、これでまたカナタさんに借りが出来てしまいましたね……。ドラゴン討伐の報酬もちゃんと決まっていないのに、ギルド長がこのことを聞いたら目を回します」

役人がやったように、別の方法での支払いをお願いすべきだろうか。

いやしかし、そんなことをギルドがしたと冒険者たちに知られれば、信用問題にも関わる。

冒険者がギルドに協力的なのは、報酬が誤魔化しなく支払われるからだ。

そのことに例外が発生すれば、ギルドの信用はガタ落ちになるだろう。

何としてもそれだけは避けたいところだった。

「それなら、解決する良い案があるんですけど、聞きます？」

「き、聞きます聞きます！」

まさに渡りに船。メリッサはカナタの提案に飛びついた。

ギルドの信用に打撃を与えず、この問題を解決できる妙案があるのなら、何でも聞く所存だ。

「それで妙案とは……？」

「えっとですね——」

「ふむふむ――ええっ⁉」

カナタの妙案に、メリッサは驚愕した。

† † †

「なぁ、黙って見ていていいのかい、メリッサ。大人しくしているうちにやっぱり殺した方が……」

「さっき説明したとおりです。今回の指揮を執っているのは私ですから、指示には従ってもらいますよ」

カナタから案を聞かされたメリッサは、要望どおりに竜の周囲から人払いをした。

野次馬と化した市民たちはギルド職員たちに追いやられても、まだ遠巻きに竜とその前に立つ少女を見物している。

しかし、彼らが話している言葉までは聞き取れない程度に距離は離させているので、カナタの希望は叶《かな》えられているだろう。

竜を何とか出来るのはあの少女だけなのだ。

メリッサたちは黙って動向を見守るしかない。

「だけどさぁ……、また街中で暴れ出したりしたら……」

「そうならないようにカナタさんが動いてくれているんです。簡単に殺すと言いますが、あなたはドラゴンの鱗《うろこ》を貫ける腕前をお持ちなんですか？　私には無理でしたが」

「き、きみに無理なら僕だって無理さ。そうじゃなくて、外からの攻撃じゃ無理でも、研究所から毒薬をもらってくるとかさ……」

「ドラゴンを生きたまま運んでこいと言ったのは研究所ですよ。殺すことを許可するとは思えませんね。しかも彼らが用意した麻酔薬はまともに効かなかった。まったく当てには出来ませんね」

「でもさぁ、あんな女の子に全部任せるなんて……」

「間近でカナタさんの活躍を見ていれば、そんな戯言は出なくなりますよ。少なくとも研究所の毒なんかより彼女の方がよほど頼りになります」

問答は終わりだと、メリッサは同僚から視線を切ってカナタを見守る。

これ以上ぐだぐだ言うと、力尽くで黙らされそうな気配を感じ、同僚はあきらめて不安を溜息《ためいき》にして吐いた。

「GARORO……」

観衆が見守る中、子犬のように震えていた竜が、うずくまっていた姿勢から首をもたげる。

怒りに赤く染まっていた瞳《ひとみ》も、落ち着いた青へと沈静化していた。

はっきりしない意識のまま周囲を見渡すと、無数の人間がこちらを取り囲んでいる。

人間ごときにどうこうされる我が身ではないが、自分が置かれている状況が分からず、竜は混乱した。

『ぐ、むむ……わ、私はいったい……⁉』

とにかく一度落ち着ける場所に移動しよう、と竜は翼を広げる。

その動作に民衆がざわめき、そして眼下から声がかかった。

『言葉も話せる程度には正気に戻ったようだな。本能的な恐怖が臨界に達して、ザーボックの洗脳が解けたか』

竜は声の方を見下ろし、少女に抱きかかえられた黒い毛玉の姿を発見する。

『はっ⁉　貴方は！　魔王さま⁉』

懐かしい王の姿を捉《とら》え、竜はもたげた頭を下げ、ふたたび平伏の姿勢を取った。

『うむ、その通りだ。だが、余のことがよく分かったな』

ザグギエルが自分で言うように、メウメウと鳴く姿に魔王の威厳はどこにもない。

『ははーっ！　魔王さまの覇気は、姿が変わろうと隠せるものではありません！』

『う、うむ、そうか。隠せないか』

実際は洗脳後にザグギエルを抹殺させるべく、現在の姿を覚えさせられただけなのだが、二人は再会の喜びで気づく様子はなかった。

『して、どこまで覚えている？』

『魔王さまが身罷られたと聞き、とても信じられず魔王城に馳《は》せ参《さん》じたのですが、ザーボックめに不意を衝《つ》かれ、そこからは記憶が定かではありません。おそらく私以外にも魔王さまへの忠誠心が強かった者は同じように洗脳されているかと……』

『ふむ、やはりそうか……。しかし巨鳥兄弟と言い、今更になってなぜ追っ手を差し向け始めたのだ？』

『おぼろげではあるのですが、私に魔王さまの抹殺を命令するとき、ザーボックめはかなり焦っているようでした』

『やつが焦る……？』

魔王軍を手に入れたザーボックが、今さら何を焦るというのか。

もしあるとしたら、それはザグギエルが力を取り戻すことだろう。

『あの女神にかけられた呪い――やつに言わせれば試練だが――、その解除条件は余が百万の愛を集めることだったはずだ』

性根が腐っていようが、相手は超常の存在だ。

かけられた呪いの解除条件は絶対で、他の方法では解けることなどあり得ない。

だが、現にザーボックは、一度は放置したザグギエルに、こうして刺客を送り込んでいる。

それは呪いが解けかけている証拠ではないだろうか。

『まさか、余が愛を集めているというのか……？　そんな馬鹿な、冷酷無比と言われた余に愛情を向ける者など……』

思い当たるとしたら、ただ一人しかいない。

「ん？　どうしたの？」

きょとんとザグギエルを見下ろすカナタだ。

このように弱く醜い姿の自分を受け入れてくれる、あの女神とは比べものにならないほど慈愛に満ちた少女。

『いや、仮にそうだとしても、呪いを解くには百万もの愛を集めなければならないはず。カナタ一人では到底まかなえるはずがない。原因は別にあるはずだ』

ザグギエルは思索に耽《ふけ》る。

『もしや、余がカナタの魔物となったことで、カナタに集まる称賛の力が愛として余に流れ込んでいるのではないか……？』

それならば説明がつく。

カナタの活躍は見事なものだ。

元々学園では知らぬ者がいないほどの優秀な成績を残し、冒険者になってからは賞金首を仕留め、下街の人間たちを病の根源から助け、今もこうして竜の暴走を未然に防いで大勢の命を救った。

周囲でこちらの様子を見守る観衆の中には、膝《ひざ》をついてカナタに祈る者までいる。

仮に王都中の人間がカナタに信仰心を向けたとしたら、百万人分の愛も集まるのではないだろうか。

女神が寄越した花の種が今どうなっているかは分からないが、ザーボックが焦るほどには開花しかかっているのかも知れない。

『余はふたたび力を取り戻せるかも知れないのか』

そうなれば、ふたたび魔王として暗黒大陸に君臨できるだろう。

あの憎き女神に対し、復讐《ふくしゅう》を果たすことも可能となるかも知れない。

『おお、ならばお力を取り戻し次第、ザーボックめを討ち滅ぼしに参りましょうぞ！』

竜が気炎を上げる。

暴れ出したと勘違いした観衆が悲鳴を上げた。

『……いや、余は行かぬ』

ザグギエルは首を――振れないので体を振った。

『な、なんですと⁉』

『余はカナタに大恩がある。この恩を返すまでは帰るわけにはいくまいよ。少なくともカナタの寿命が尽きるまではそばを離れるつもりはない』

『なるほど……。たとえ人間が相手でも、受けた恩は必ず返す高潔な精神、感服いたしまする。ならば仕方ありませんな。私もここに残り、魔王さまの配下として今一度お仕えしましょうぞ！』

『いや、貴様はもう余の配下ではない』

『な、なんですと⁉』

『貴様は今日からカナタの魔物として働くのだ』

『誇り高き竜族の私がこのような小娘の所有物に⁉』

先ほどから気になっていたのだが、召使いか何かだろうと思っていた少女に仕えろと言われて、竜は驚愕《きようがく》した。

『不服か？　だが、魔物の掟《おきて》は弱肉強食。弱き者は強き者に従うが道理』

『そ、それは当然にございます』

『ならば何も問題はない。貴様はすでにカナタに敗れているのだ』

『な、なんですとぉぉぉぉぉぉぉぉぉぉぉぉぉぉぉぉっ!?』

竜は仰天した。

『私がこのような小娘に敗れたなど……!? い、いや、しかしこの震えは……!? 魔王さまに戦いを挑んで敗れたときと同じ、いやそれ以上! そう言えば天をも貫く炎で彼我《ひが》の差を思い知った記憶がうっすらと……』

竜はトラウマが呼び起こされそうになり、慌てて記憶に蓋《ふた》をした。

『ど、どうやら魔王さまのおっしゃる通りのようですね。掟は掟、これ以上無駄口を叩《たた》くつもりはありませぬ』

竜はカナタの前にうやうやしく頭を垂れた。

『よろしくお願いいたします。我が新しき主《あるじ》よ。これより貴方の牙《きば》として翼として、誠心誠意おそばに侍りましょうぞ!』

竜の誓いの言葉に、カナタはにっこり笑って言った。

「うん、いらないです」

『『ええ――――っ!?』』

竜はひっくり返った。

ザグギエルもひっくり返った。

「ドラゴンさん、分かる? キミとザッくんのこの違いが」

ひっくり返ったザグギエルと竜を交互に指さし、カナタは尋ねた。

『ち、違いとは？』

「ひっくり返ったザッくんの愛らしさと言ったらもう！　もうもうもう！　お腹にダイブしたい！」

したいと言ったときには、すでにダイブしていたカナタであった。

『？？？』

ザグギエルのお腹に顔をうずめるカナタの行動に、竜は混乱した。

『ど、どういうことでしょうか？』

「分からない？　つまり私の旅に連れていくには、あなたにはモフ度が足りないんだよ！」

『モフ度』

「そう、モフ度！」

とは、いったい？

竜はますます混乱した。

人類語には詳しくない竜であったが、カナタの言っている言葉を懸命に理解しようとする。

自分はモフ度が足りていないから駄目らしい。

ザグギエルにあって、自分にないもの。

竜はしばし考え、ピンときた。

『そうか！　分かりましたぞ！』

モフ度とは強さの単位を表す言葉だ。

自分が一モフくらいの強さだとしたら、魔王さまの強さは一〇〇モフはあるだろう。

確かに魔王さまの強さと比べれば、自分ごときでは足手まといと言われても仕方がない。

「分かってくれた？」

『ええ、分かりましたとも！　確かに私では旅の供をするには力不足ですな！』

まったく分かっていなかったが、都合良く解釈した竜は潔く自分の至らなさを認めた。

『しかし、何のお役にも立てないのは竜族の名折れ……。何か私にもお役目を頂けないでしょうか』

「うん、ぴったりのお願いがあるよ」

『誠《まこと》ですか⁉　是非ともお聞かせ下さい！』

喜びに尻尾《しっぽ》を振る竜は可愛く見えないこともなかったが、残念ながらやはりモフ度が足りなかった。

「ドラゴンさんにはこの王都を守って欲しいの」

『ふむ、都の守護ですか』

竜は周囲を見渡す。

野次馬たちは遠巻きに少し恐怖の混じった目でこちらを見ていた。

『どうやら意識がない間、人族には迷惑をかけてしまったようですな』

カナタがメリッサにした提案とは、竜をカナタの魔物として登録し、王都をパニックにさせた償いとして、王都周辺の警護をさせるというものだった。

なお、竜の世話代は未払いになっていた竜討伐および巨鳥討伐の報酬から少しずつ引き当てるということで話がついている。

『ふむふむ、私にとっても寝床や食事を世話してもらえるというのはありがたい』

竜もカナタもギルドも王都民も、誰も損をしない解決方法だった。

損をするのは、貴重な竜の生体が手に入るとぬか喜びしていた研究所だけだ。

しかし、そもそも研究所の麻酔の効きが不十分だったために起きたパニックだ。

カナタの魔物として登録されたことにより、抗議をしてもギルドに黙殺されるだろう。

『よろしい。そういうことならば、粉骨砕身で都を守りましょうぞ！』

竜は咆《ほ》え、翼を大きく広げた。

『聞けい！　人族よ！　我はこれより汝《なんじ》らの守護を司る！　この都にいる限り、汝らが危険にさらされることはないと約束しよう！』

竜の宣言に、民衆は驚きの声を上げる。

『全ては我が主カナタ様の命故《めいゆえ》に！』

そして翼を羽ばたかせ、竜は高く飛び立った。

『では、さっそく空から偵察をして参ります！』

「いってらっしゃーい」

天上を飛翔《ひしょう》する竜にカナタは手を振り、それを見ていた民衆は再度歓声を上げた。

「す、すげえええええ！　ドラゴンを鎮めただけじゃなく、手懐けて王都の守護者にしちまったぞ！」

「魔物を従えられるってことは、まさかあの娘は魔物使いなのか？」

「魔物使いなんて最弱の職業にドラゴンを従えられるわけないだろ！」

「じゃあ、いったいどうやって⁉」

「奇跡さ！　これは聖女の起こした奇跡なのさ！」

「やっぱり！　あの人は聖女さまなんだ！」

「「「聖女さま！　聖女さま！　聖女さま！」」」

大騒ぎする観衆にギルド職員たちは静かにするよう呼びかけるが、この称賛はしばらくは収まらないだろう。

「よし、問題解決。さぁザッくん、買い物の続きをしよっか」

『この騒ぎをなんとも思っていないとは。やはりカナタは大物であるなぁ。あと、忘れておるだろうから言っておくが、余たちはいま無一文だ』

「あ、そっか。またお金稼がないと」

「いやいやいや、まだですからね！　ギルドでドラゴンの登録とか事情聴取とか、色々やることありますからね！　お金が必要なら、ある程度まで報酬から引き出しますから！　どこにも行かないで！　仕事が増える！」

普通にその場を去ろうとしたカナタを、メリッサが慌てて呼び止める。

カナタはぶぅぶぅと頬を膨らませ、ザグギエルはやれやれと嘆息し、メリッサは今日も残業になることを覚悟した。

† † †

ふたたび、暗黒大陸の魔王城。

「なんと言うことだ……。花がもうこれほどまでに生長している……！」

ザーボックは花の入ったガラス容器を持って、わなわなと震えた。

つぼみはぷっくりと膨らみ、瑞々しい色合いは今にも開花しそうだ。

「このままでは、魔王の呪いが解けてしまう……！」

ザーボックは恐怖に顔をこわばらせた。

呪いが解け、力を取り戻した魔王が次に取る行動など分かりきっている。

暗黒大陸への帰還と、裏切り者の処刑だ。

最下級の魔物として惨めに生きてきた魔王の憎悪は凄《すさ》まじいものだろう。

たとえ全面降伏しようが、ザーボックが許される可能性はない。

冷酷無比なあの魔王のことだ。見せしめとして、身の毛もよだつような殺し方で処刑されるに違いない。

「な、ならばどうする。今すぐ暗黒大陸をまとめ上げ、全軍で魔王を迎え討つか……？」

魔王ザグギエルは強い。

知謀知略にも長けていたが、魔物の王となったのは単純にその強さ故だ。

魔物の世界は弱肉強食。弱き者は強き者に従う。

魔王の帰還が暗黒大陸に知れ渡れば、大半の魔物は魔王の側に付くだろう。

ザーボックが洗脳した軍勢程度では相手にもならない。

何をどうあがこうが、この花が咲いた瞬間にザーボックは全てを失うということだ。

「くそっ！　この数百年、上手くいっていたのに、なぜ急に……!?」

ザーボックは頭を抱えてうずくまった。

切り札はあるが、人類圏侵攻の野望を叶《かな》えるためにはまだ使えない。

増援として送り込んだ刺客たちが上手く魔王を殺してくれることを祈るしかなかった。

あの性悪な女神にさえ、ザーボックは全身全霊で祈りを捧《ささ》げる。

しかし、ザーボックの祈りを蹴飛《けと》ばすように、大扉を開けて部下が飛び込んできた。

「ザーボック様！　大変です！」

「な、なんだ！　騒々しい！」

部下の手前、無様な姿を見せるわけにもいかないザーボックは花を後ろ手に隠し、怒鳴ることで虚勢を張った。

「ぜ、全滅です！　刺客として送り込んだ魔物が、全員消息を絶ちました！」

「な、なにぃ!?　いったい何が起きた!?」

「と、遠見の術によると、ドラゴンの炎でみな打ち落とされたと報告が……。どうやら敵側に寝返ったようです……」

「ドラゴンが寝返っただと⁉」

あの竜は元々魔王に忠誠を誓っていた。

だから洗脳して思考力を奪っていたのだ。

それが寝返ったということは、洗脳魔法が解けたということを意味する。

ザーボックの強固な術式を崩壊させ、正気の竜をふたたび配下に収めることが出来る者など、魔王をおいて他にない。

「魔王め……！　そこまで力を取り戻しているというのか……⁉」

事実、呪いの花はほとんど咲きかけている。

花の開花条件は、百万人分の愛を集めることだとあの女神は言っていた。

呪いを成立させるためにも、解除条件に嘘《うそ》を混ぜることはないだろう。

魔王は王都にいる。ならば、魔王は王都の住民から愛されているのだろう。

急激に花が生長しているのはこのせいだ。

あの冷徹で残酷な魔王を愛する者が百万人も現れるはずがないと思っていたのに、まさか人間の愛を集めるなど予想できるわけがなかった。

解呪不可能の呪いをかけられた魔王を見たとき、ザーボックの勝利は約束されたはずだった。

それがいま無惨に散ろうとしている。

「くそっ！　くそっ！　くそぉぉぉぉぉぉぉぉっ‼」

握りしめたガラス容器にひびが入る。

この忌々しい花ごと握り潰《つぶ》したくなるが、この花は呪いの解除状況を知らせるだけのものだ。潰したところで、魔王の状況がつかめなくなるだけで意味がない。

「ざ、ザーボック様、如何《いかが》しましょう……」

「ぐぬ、ぬ……」

軍で最強の一角だった竜が向こうに寝返った以上、チマチマと刺客を送り込んでも返り討ちにされるだけだ。

他国の魔族に攻め込まれることを恐れて軍を動かさなかったが、このままではザーボックは復活した魔王に処刑される。

「ならば！　復活の前に首を刎《は》ねてしまえば良いことよ！　そうだ！　今ならばまだ間に合う！」

もはや一刻の猶予もない。

人類圏侵攻の夢も捨てた。

今はただ、あの憎い魔王の首を取るためだけに、ザーボックは全軍を動かすことを決めた。

† † †

「ドヤさ！　見て見てザッくん！　ようやく旅の準備が完了したよ！」

『うむ！　壮観であるな！』

部屋の床に広げられた、食糧や野営道具。

ここ数日、街を回って吟味に吟味を重ね、集めた旅の用意であった。

『しかし、こんなにたくさんあっては、鞄《かばん》に詰めるのが大変なのではないか？　いや、カナタには空間魔法があったか』

「うん、これくらいなら全然入るよ」

そう言ってカナタが空間魔法を使うと、旅道具はすべて黒い穴に吸い込まれて収納されてしまった。

賢者でなければ使えないと言われる空間魔法。

それを自在に操る魔物使いなど、見たことも聞いたこともないが、もはやカナタの規格外っぷりにはザグギエルも慣れたものである。

「やーっと出発できるよー」

『何かと邪魔が入ってしまったからな。……半分は余に差し向けられた追っ手のせいであるが』

「気にしない気にしない」

『うむ……。後ろ向きに考えるのはもうやめたのであったな。追っ手など、余が自ら追い返してくれる！　余は一から己を鍛え直し、カナタに相応《ふさわ》しき魔物になると誓ったのだ！』

「はわわ！　相応しいも何も、もう充分すぎるほどだよぅ！　わたしにはもったいないくらいだよう！」

相応しいの意味が、強さとモフモフですれ違っていることに、主従はやはり気づかない。

ひとしきり戯れたあと、カナタたちは部屋に忘れ物がないことを確認し、戸締まりをしっかりしてから部屋を出た。
籍は置いてあるので、家具などはそのままだ。

今度この学園に戻ってくることがあれば、それは大勢のモフモフたちと一緒だろう。

「さ、行こうザッくん。仲間探しの旅立ちだよっ」

『うむ。だが、仲間にするなら、せめて余と互角以上に渡り合える者でなければな！』

「ええ⁉　ザッくんと互角⁉　それはハードルが高すぎるよぉ！」

『そ、そうか？　過大評価ではないか？』

「そんなことないよ！　ザッくんは最強（にモフモフ）だよ！」

『そ、そうか！　そこまで信じられては、頑張るしかあるまいな！』

ザグギエルはかつての力以上を手にした筋骨隆々な己の姿を想像し、カナタはさらにモフ度がマシマシになった姿を想像してニヤニヤした。

この主従、実は似た者同士なのかも知れない。

すれ違ったままなのに、どんどん仲を深めるふたりは、仲良く学校の寮を出て、王都の外へ向かって歩き出した。

†　†　†

王都の街並みを北に進み、三層の高い壁をくぐり、出口のある北正門へと向かう。

「ザックんザックん、楽しみだねー。まずはどっちに向かおっか」

『どっち、とは？　もしや目的地は決めておらぬのか？』

「うんっ。旅は風の向くまま気の向くままだよっ」

『うーむ、そのように無計画では、あっという間に遭難して致死の予感しかしないが、カナタであるから何の問題もないのであるなぁ』

「ザックんもいるから、安心だねー」

『む、そうか？　そのように期待されては、ますます精進せねばならぬな！』

旅も寂しくないし、柔らか抱き枕で毎日モフモフだよー。でゅふふ。

と続く言葉はザグギエルの耳には届いていない。

自分の力が信頼されていると思い込み、フンスフンスと鼻息を荒くした。

「さ、行くよー」

『うむ、我らの旅路に幸あれ』

今度こそ旅の準備も志も万全だ。

二人は北正門をくぐり、始まりの第一歩を踏みしめた。

「「お待ちください！」」

第一歩は踏みしめたが、第二歩目までは進めなかった。

「『……………。はぁ〜……』」

主従は溜息《ためいき》をついた。

どうやらまたもや邪魔が入ったようだ。

「何かご用ですか？」

振り返ると、そこには鎧《よろい》を着た男たちがいた。

街を警邏《けいら》する平兵士とは違う重厚な鎧を身に纏《まと》い、カナタの前に跪《ひざまず》く。

彼らは王城を守る騎士たちだった。

「カナタ・アルデザイア様！」

「はい？」

大の男でも震え上がる覇声に、カナタはきょとんとするだけだ。

「我らとともに王城までお越し下さい！　王がお呼びです！」

王直々の呼び出しと聞いて、正門の番をする兵士がぎょっとしている。

「えー、王様がー？」

一方のカナタは嫌そうだ。

『カナタはこの国の王と面識があるのか？』

「何かの大会で優勝したときとか、よく会うよ。ご褒美に色々くれるんだ。でも、今は別に欲しいものはないかなぁ」

畏《おそ》れ多《おお》くも王の下賜を、親戚《しんせき》の叔父さんのプレゼント同様の扱い。

話に聞き耳を立てる門番の兵士は、正面を凝視しながら冷や汗を流した。

『まぁ、一国の主が呼んでいるのだ。無下にするのも良くないだろう』

「ザッくんがそう言うなら。もー、王様は仕方ないなぁ」

王からの呼び出しを仕方ない。

カナタの不遜《ふそん》な態度に、門番は震え上がった。

「では、こちらに！　馬車を待たせてありますので！」

騎士たちが兜《かぶと》の下で怒気をみなぎらせているのを感じとり、半泣きになった門番は今すぐ交代が来てくれることを願った。

「はーい」

騎士の怒気など通用しないカナタは、気楽に馬車に乗り込んで、ザグギエルをモフりながら王城へと連れていかれた。

†　†　†

豪華絢爛《けんらん》な謁見の間で、王がカナタを見下ろしていた。

鍛え抜かれた肉体に野性味のある黄金の髪は獅子《しし》を思わせる。

玉座に座っていながら、誰よりも大きく感じる圧倒的な存在力に、その場にいる者は誰もが跪き、王に忠誠の姿勢を取った。

カナタ一人を除いて。

しかしそれを咎《とが》める者はいない。

王が良いと言ったのだ。

「カナタ・アルデザイアよ」

王の声は圧力を感じるほどに低く響いた。

頭を下げる臣下たちに緊張が走る。

たびたび王から褒賞を賜っているとは言え、ただの学生に王が直々に召喚を命じるとは、この少女にいったいどんな用があるのだろうか。

「はい。何ですか、王さま？」

「まずは王都の暴走ドラゴンを鎮めてくれたこと、感謝する」

「いえいえ、どういたしましてです」

「しかもそのドラゴンに王都周辺の守護を命じるとは、もはや見事としか言いようがない。聞けばすでに危険な魔物を何頭か迎撃してくれたそうだ。王都民に代わって礼を言うぞ」

「こちらこそ、ドラゴンさんが住むことを許してくれてありがとうございます。もう少しモフ度が高ければ連れていけたんですけど」

「そう、その話だ」

「えっ、王さまもモフモフに興味が？」

「い、いや、そちらではない」

王は咳払《せきばら》いをし、先ほどよりも真に迫った声でカナタに尋ねる。

「……旅に出るとは、真の話か？」

「真の話ですよ？」

「マジで？」

「マジでマジで」

カナタの軽い返事に、王は額に血管を浮かべ、震える手で玉座の肘置《ひじお》きを握りしめる。

そして、バッと顔を上げた。

「ちょっと待っておくれよ、カナタちゃ～ん！　そりゃないよ～！」

「へ、陛下？」

王の変貌《へんぼう》に、隣にいた宰相が固まった。

「駄目です。待ちません」

笑顔で切り捨てるカナタに、王は玉座から転げ落ちるようにしてカナタのところまでやってくる。

「カナタちゃんはうちの貴重な戦力なんだよ⁉　他国に行かれたらパワーバランスが崩れちゃうよぉぉぉぉぉっ！　お願いだから王国にとどまっておくれよぉぉぉぉぉぉっ！」

「い、や、です♪」

「ぬぉぉぉぉぉぉぉぉぉぉぉぉぉぉぉぉん‼」

二人のやりとりに、臣下たちがざわつく。

情けない声を上げて少女にすがりつくこの男は誰だ。

「へ、陛下！　一国の王が、子供にそのような情けない姿を見せては……！」

「黙れ！　貴様らは何も分かっておらん！」

諫《いさ》めようとした宰相を王は振り払う。

「このカナタちゃんは、国の宝なのだぞ！　剣神ボルドーと大賢者アレクシアの血を受け継ぎ、ゆくゆくはこの国の発展に大きく寄与することは確定しているのだ！」

「た、確かにおっしゃるとおり、ボルドー様もアレクシア様も素晴らしいお方ですが……」

「カナタちゃんはこの歳で、すでにその二人を超えているのだぞ！　文字通りの一騎当千と言われたボルドーより強く！　王国の技術を三世代は飛躍させたアレクシアより賢い！　まさに国宝だぞ！　絶対の絶対に他国に渡すわけにはいかんのだ！　何故それが分からん！　お願いカナタちゃん、行かないでぇぇぇぇぇぇぇぇぇぇぇっ‼」

ギャン泣きする王に、臣下も別の意味で泣きそうになった。

「だからいやですってば、もー」

触り心地の悪い王の頭を、カナタはペチペチと叩《たた》いた。

「別にどこの国に居着いたりもしませんし、世界中を見て回ってくるだけです。そのうち王国に帰ってきますから」

「……ホント？　ホントに帰ってくる？」

「はい、約束です」

カナタの返事を聞いて、王はぶわわと涙をあふれさせた。

「聖女だ！　カナタちゃんは俺にとっての聖女なんだぁぁぁっ！」

「聖女じゃなくて魔物使いですけどね」

『うむ、これで万事解決だな』

特に出番がなかったザグギエルが締《し》めの言葉を発する。

次の瞬間、轟音《ごうおん》が響き渡った。

音の源は遥か遠くからのようだが、王城に届いてきた音は雷鳴に等しい凄《すさ》まじさだ。

「何事だ！」

「わ、分かりません！　ですが、王都の外壁付近から煙が上がっています！」

「なにぃ⁉　魔物の攻撃か⁉　それとも他国の襲撃か⁉」

謁見の間から外へ繋《つな》がるバルコニーへと王が顔を出すと、その惨状は報告よりもひどかった。

高く堅牢《けんろう》な外壁が半壊している。

そしてその壊れた壁からのぞくのは、大量の魔物の群れ。

いや、整列し統制の取れた陣形は群れではない。軍だ。

その数は数千、もしかしたら万にも届くかも知れない。

「あ、あれほどの大軍をどうやってここまで連れてきたのだ……⁉　あれだけの軍勢であれば国境で気づくはず！」

『あの術式の残り香は、大規模空間転移魔法……！』

カナタの肩に乗ったザグギエルがうめいた。

「ザッくん、何か知ってるの？」

『ああ、巨大な魔法陣と大量の魔力と複雑な術式を用いて、敵陣へと一瞬で大軍勢を送り込む暗黒大陸最大の魔法だ……。余がいた頃はまだ開発中だったが、完成させていたのか、ザーボック……！』

「そ、そんなものが……⁉　いや、何故そのことを詳細に知っているのだ。其《そ》の方《ほう》、ただの魔物ではないな……⁉」

『…………』

「あ、あれを見て下さい！」

兵の一人が空を指さした。

そこには巨大な人の姿が映っていた。

幻を拡大して投影しているのか、宙に浮かぶ人物の姿は、青い肌に節くれ立った角を生やし、到底人のようには見えない。

『ザーボック……‼』

「あれは、魔族か⁉　まさか暗黒大陸から、魔族が攻め込んできたというのか⁉」

「そんな、ずっと長いあいだ魔族の侵攻なんてなかったのに、今さらになって⁉」

バルコニーに集まった者たちが空の幻を見て絶望の声を上げる。

『人間共よ……』

ザーボックが口を開いた。

『我々の目的は貴様らを滅ぼすことではない。我々の要求はただ一つ。貴様らがかくまっている元魔王ザグギエルの引き渡しだ。それさえ済めば、大人しく帰ると約束しよう。だが、断るのであれば全軍を以てこの王都を挽《ひ》き潰《つぶ》す‼』

ザーボックが手の平を握ると、呼応するように雷鳴が鳴り響いた。

『一時間待とう。それまでに取引に応じなければ、宣言どおりに貴様らを滅ぼす』

そして、幻が消えた。

「そ、そんなぁぁぁっ⁉　終わりだ‼　あんな大量の魔物の軍勢に勝てるわけがない」

「暗黒大陸の魔物ってこっちと比べものにならないくらい強いんでしょう⁉　無理よ！」

「元魔王ザグギエルってなんだよ⁉　そんなやつがいま王都にいるのか⁉　いるならさっさと出ていってくれよ‼」

臣下たちはパニックになった。

今の幻は王都にいた人間全員が見ただろう。

恐慌は火のように拡がって、暴動にまで発展するかも知れない。

『……こうなってしまったのは、全て余の責任だ。あの転移魔法も基礎理論を構築したのは余なのだ。余がいなければ、ここにやつらが来ることもなかった』

「ザッくん……」

『やつの目的は余の抹殺だろう。ならば、解決する方法は簡単だ』

「ザッくん……？」

『すまない、カナタ。余はカナタのために全てを捧《ささ》げると言ったのに、どうか許して欲しい』

「ざ、ザッくん！」

『さらばだ、カナタ！　短い間だったが、楽しい日々だったぞ！』

ザグギエルは肩から飛び降り、走り去っていく。

そして、足が遅すぎて、歩いて追いかけてきたカナタにあっさり捕まった。

どうあっても感動的な別れにはして貰《もら》えないようだ。

「駄目だよ、ザッくん」

カナタはザグギエルを抱き上げる。

『か、カナタ！　離してくれ！　余は！　余は！』

ザグギエルは短い足をパタパタとさせて抵抗する。

「だーめーでーすー。離しません。ザッくんの責任はわたしの責任。ザッくんが行くならわたしも一緒。いい？」

『カナタ……。貴公という娘は……』

ザグギエルはカナタの深い愛情に感動の涙を流した。

「それじゃ、王さま、ちょっと行ってきまーす」

「ええっ⁉　カナタちゃん⁉」

制止の声も届かず、カナタはバルコニーから飛び降りる。

『ぬ、ぬおおおおおおっ⁉』

「はいはい、怖くない怖くなーい」

高い王城からの落下の衝撃を、風魔法と完璧《かんぺき》な体術で分散し、カナタはふわりと地面に降り立った。

『……か、カナタ、こういうときは、まず一言言ってくれ……』

「ぐったりしてるザッくん、可愛い……！」

『き、聞いていない……だと……!?』

落下の恐怖で腰が抜けたザグギエルを抱いたまま、カナタは歩いて外壁へ向かった。

「たった独りで行くというのか……！　この王都を、民を、たった独りで守ろうというのか……！」

その背に王は勇気と献身を感じ、両手を合わせてカナタの無事を祈った。

「ふ、ふふ……」

背中しか見えていない王たちは気づいていないが、カナタの顔は緩んでいた。

「ふへへ、あれだけ魔物さんがいれば、きっとモフモフもいるはず……」

欲にまみれたカナタのつぶやきは、王城の者たちには届かない。

† † †

突然の魔王軍の襲来に、王都は混乱の極みにあった。

「おい！　なんなんだあれは！　冒険者たちは何をやっている！　ああいうのを倒すのが仕事だろうが！」

「あんな大軍、ギルドに所属してる冒険者だけで何とかなるわけないでしょうが！　こちらも軍を出さないと……」

「いま兵団を集結させている！　だが、あと一時間じゃとても無理だ！」

「あいつらの要求を呑《の》むべきじゃないのか？　魔王が出ていけばあいつらも帰ってくれるんだろう？　魔王を探した方が早いんじゃ……」

「魔王の顔も分からないのにか⁉　それに魔王なんてどうやって捕まえるんだよ！」

騒ぎの沈静化に警邏《けいら》の兵士だけではなく、ギルドにも応援が要請されていた。

「落ち着いて！　落ち着いて下さい！」

メリッサの姿もそこにあった。

懸命に呼びかけるが、効果は薄いようだ。

激務続きの日々から、またこんな大事件。

「もういい加減にして……。おうち帰ってお風呂に入りたい……」

メリッサは隈《くま》のできた目尻《めじり》に涙を浮かべた。

「大丈夫ですか、メリッサさん。ハンカチ使いますか？」

「ううっ、ありがとうございます……」

ハンカチを受け取って、涙を拭《ぬぐ》ったメリッサは、相手が日々の激務の原因であることに気づいた。

「か、カナタさん⁉」

「はい、三日ぶりですね、メリッサさん」

黒い毛玉を肩に乗せた少女がメリッサに微笑む。

その笑顔は清らかで見る者の心を落ち着けるが、メリッサは嫌な予感がしていた。

「まさか、まさかとは思うのですが、カナタさん。今回の騒ぎの原因は……」

「いえいえ、違いますよ。わたしじゃありません」

「あっ、なんだっ、そうなんですか？　ごめんなさい。あらぬ疑いをかけてしまって。そんなことがそうそうあるわけないですよね」

あらやだ、恥ずかしい。と誤魔化し笑いをするメリッサに、釣られるようにカナタはうふふと笑う。

「だって、騒ぎの原因はわたしじゃなくて、ザックんですし」

「……は？」

笑顔のまま、メリッサの表情が固まった。

言葉の意味が分からない。

この黒い毛玉と魔物の軍勢に何の関係があるのか。

『うむ、貴公ら人族には迷惑をかける……』

固まったままのメリッサの視線がザグギエルに動く。

黒い毛玉はぴしりと背筋を伸ばし、名乗りを上げた。

『余こそ、奴らが求める魔王ザグギエルである』

「はぁぁぁぁぁぁぁぁぁぁっ⁉　ちょっ、どう、えっ、えええええええええええええええっ⁉」

こんな弱そうな魔物が魔王。

とてもじゃないが信じられない。

しかし、その主は規格外のカナタである。

言葉の信憑性《しんぴようせい》は高く、どう対応したら良いか考えた結果、徹夜続きのメリッサの脳は限界を迎えて叫ぶしかなくなった。

「それじゃ、行ってきますねー」

「行くってどこへ⁉」

「もちろん、あそこへ」

カナタが指さしたのは崩れた王都の外壁だった。

その方向からは、少しでも魔物から離れようと、今も民衆が逃げ続けている。

「あそこって、魔王を引き渡すんですか⁉」

「いえ？　わたしがザックんを手放すわけがないじゃないですか」

「だったら、あの魔物の軍勢を相手に、いったい何をするつもりなんですか⁉」

「わたしは魔物使いです。だったら、やることは一つじゃないですか」

そう言うと、カナタは人の波をひょいひょいと避けながら、先へ進んでいく。

「カナタさん！　カナタさーん！　やることって何なんですかぁぁぁぁっ⁉」

メリッサの声は、逃げ惑う人々の悲鳴に押し流されて、その答えを知ることは出来なかった。

カナタは外壁に向かいながら、やることを宣言する。

「モフモフ、大量ゲットだぜ！」

†　†　†

外壁付近まで近づくと、街は静まり返っていた。

正門は門番によって閉じられてしまったため、カナタは外壁の穴を乗り越えて、外までやってきた。

『ま、魔王様、申し訳ありません……』

捕縛された竜が苦鳴を漏らした。

先んじて軍勢へ強襲をかけたのだろうが、返り討ちに遭ったようだ。

魔王軍の最強の一角である竜だが、万匹の魔物が相手では、あまりにも多勢に無勢だった。

多くの魔物に押さえつけられて身動きが取れなくなっている。

今も生かされているのは、ふたたび洗脳して戦力に加えるためだろう。

この軍勢を引き連れる者の邪悪さが透けて見えた。

『来たぞ！　ザーボック！　貴様の要求どおりだ！』

ザグギエルが声を上げると、魔物の軍勢が割れ、奥から総大将であるザーボックが姿を現した。

「久しいですな、魔王様」

『ふん、白々しい……。今さら懐かしむ間柄か？』

「なるほど確かに。用件は理解しておられるようだ」

ザーボックは鷹揚《おうよう》に頷《うなず》いて、怪訝《けげん》そうに片眉《かたまゆ》を上げた。

「ところで、連れているその娘は？　人間の召使いなど、魔王様も趣味が悪いですな」

『……カナタは、召使いなどではない』

「ほう？　ならば、何だと言うのですか？　友人だとでも？　冷酷無比な魔王様が何と生ぬるい」

『カナタは、カナタは余の、ご、ご主人様だっ……！』

ザグギエルは照れが入りながらも、カナタとの関係を告白した。

「……ゴシュジンサマ？　……ご主人様だと……？　は、ハーッハッハッハッ!!　何の冗談だ、それは!!　魔王ともあろう者が、人間の下僕に成り果てていようとは！　こいつは傑作だ!!」

ザーボックは体をのけぞらせて大笑した。

「……いやいや、笑って済まない。無理もないことだったな。最弱の魔物へと身を落とした貴様なら、人間に飼われていても不思議ではない。力を取り戻したかと危惧《きぐ》していたが、変わらず地べたを這《は》いずって生きていたようだ」

ザーボックは心底見下した視線を送る。

屈辱に震える姿を予想したが、ザグギエルは不敵な笑みを浮かべていた。

『ふ、やはり余が力を取り戻したと考えていたか。そんな言葉が出ると言うことは、余の呪いは解けかかっているのだな？』

「くっ……！　何故それを……!?」

『図星のようだな。どうせあの花も貴様の手元にあるのだろう。見せてみよ』

「っ、その必要はない！　我が軍勢の前に姿を見せた時点で、貴様の死はもう確定しているのだ！」

ザーボックが引き連れている軍勢の中には、かつての魔王軍の精鋭もいたが、洗脳魔法をかけられているのか、皆、放心したような顔つきでザーボックに付き従っている。

今のザグギエルが呼びかけたところで、こちらの味方にはならないだろう。

『……貴様の目的は余の抹殺であったな。であれば、余を殺せば人族には手を出さず、素直に帰ってくれるのか？』

「ははは！　そんなわけがないだろう！　貴様を殺した後、使える者は洗脳して下僕に、役立たずは皆殺しだ！　こうなった以上、この都を拠点とし、各国へと侵攻してくれる！　計画は狂ったが、大規模転移術式で戦力を送り込むことには成功した！　先に人間界を制圧してから改めて暗黒大陸を飲み込み、新たな魔王となってくれるわ！」

ザーボックの野望は尽きない。

ここで止められなければ、言ったとおりになるだろう。

『やはり、約束を守る気などないか……。ならば致し方あるまい』

ザグギエルはカナタの肩から飛び降りた。

空中で一回転して、颯爽《さっそう》と着地する。

そして足を滑らせてコロコロと転がった。

「「「………………」」」

全軍を沈黙が支配する。

ザグギエルは逆さまになった状態で、上に向いた四肢をバババと動かして不思議な構えを取り、キッと全軍を睨《にら》みつけた。

『来い！』

「ふ、ふはははははは！　何だそれは！　吾輩《わがはい》を笑わせて殺す作戦か⁉」

『余はいつでも真剣だ！　さぁ来い！　ザーボック！　余に恐れをなしたか！』

「……その格好でそれだけ咆《ほ》えられるのは、ある意味見事だが……」

呆《あき》れ返るザーボックの背後に、巨漢が跪《ひざまず》いた。

「ザーボック様、ここは私めにお任せ下さい」

進言したのは、漆黒の鎧《よろい》を身に纏《まと》った首なしの騎士だ。

自身の頭を左腕に抱え、背中には鉄塊のごとき大剣を背負っている。

「デュラハンか……。良かろう。あのような出来損ないに全軍を差し向ける価値もない。一刀にて叩《たた》き切ってこい」

「ははっ！」

デュラハンは背中の大剣を片手で軽く引き抜くと、ザグギエルと対峙《たいじ》する。

「元魔王ザグギエル！　その首、我がもらい受ける！」

『余の首は安くないぞ！　死力を尽くしてかかってこい！』

その毛玉のどこが首なのかというツッコミが不在のまま、両者は戦意を高めていく。

その視線を遮る者があった。

ザグギエルを守るように立《た》ち塞《ふさ》がる少女。

『カナタ……』

「……娘、貴様、戦士の決闘に割って入る意味が分かっているのだろうな？」

デュラハンは抱えた頭に青筋を浮かべ、大剣の切っ先をカナタへ向けた。

カナタは剣に怯《おび》える様子もなく、注意深くデュラハンの全身を上から下まで眺め、深く溜息《ためいき》をついた。

「……二点」

「なに？」

落胆した様子のカナタは、突きつけられた大剣の切っ先をつまんだ。

「なにをする――」

そして軽くねじる。

暗黒大陸の金属を鍛えて造った剣が、飴《あめ》細工のようにひん曲がった。

「な、あ……⁉」

持ち手に返ってくる力は尋常ではなく、デュラハンは頭を捨てて両手で踏ん張る。

その間にも大剣はギギギと不協和音を奏でながら、鉄くずへと形を変えていった。

「そ、そんな……わ、私の愛剣がぁ……」

くしゃくしゃに丸まった大剣を抱えたまま、デュラハンは膝《ひざ》を折った。

「採点してくるから、ザックんはちょっと待っててね」

『か、カナタ！　待てっ！』

ひっくり返ったままのザグギエルにカナタは軽く言うと、そのまま魔物の軍勢へ一歩踏み出し、
二歩目には軍勢の先頭に現れていた⁉

「なっ⁉」

「うーん、五点かな」

カナタの速度に驚いた魔物が反射的に斧《おの》を振るうが、白魚のような五指に受け止められて、そのまま握り潰《つぶ》される。

「お、俺の斧ぉぉぉぉぉっ⁉」

デュラハンと同じように長年愛用した武器を壊されて、魔物は心を折られた。

カナタはもう用はないとばかりに、次の魔物の前に現れる。

「むー、四点」

「ひいっ⁉」

「八点くらい」

「ぎゃあっ⁉」

「六点ってところだね」

「い、いやぁぁぁっ！」

瞬間移動でもしているかのように、カナタは魔物の前に現れては、爪を割り、牙《きば》を折り、武器を

破壊する。

絶望的な力の差を見せつけられた魔物は、失神し、失禁し、戦意喪失した。

「何をしている貴様ら！　そんな小娘、早く倒してしまわぬか！　一対一で相手などするな！　まとめてかかれ！」

ザーボックの命令が飛び、魔物たちが一斉にカナタに襲いかかる。

そして、襲いかかった勢いのまま、四方へ跳ね返された。

「五点、七点、三点、二点、四点、五点、……はぁ、全然駄目だね」

いったい何を採点されているのか。

魔物たちはそれすら分からず、カナタによって無力化されていく。

「倒せ！　何でもいい！　誰かやつを仕留めろ！」

「む、無理です！　止まりません！」

カナタの勢いは止まらない。

万からなる魔物の軍勢が、たった一人の少女が駆け抜けるだけで、まるで竜巻が過ぎ去ったかのように吹き飛ばされていくのだ。

「二点三点六点四点五点八点七点九点六点三点四点九点五点三点五点六点二点九点八点――」

戦える魔物はどんどん数を減らしていき、とにかく低い点数を与えられているということだけは分かった。

「みんな、全然駄目。だめだめです。ザッくんの足元にも及ばないね」

「なん、だと……⁉　我らが最弱の魔物以下だというのか⁉」

「うん」

狼狽《うろた》えるザーボックに、カナタはきっぱりと言った。

「あなたたちじゃ、全員合わせてもザッくんの足元にも及ばないよ」

そしてまた、軍勢がまとめて吹き飛ばされる。

「何なんだ⁉　何者なんだ貴様は⁉」

「ただの魔物使いですけど？」

わめくザーボックに、カナタは戦う手を止めずにきょとんと答えた。

「魔物使い⁉　お前のような魔物使いがいるか！」

「ここにいますよ？」

「うるさいうるさい！　魔物使いなら、せめて魔物を使って戦えよう‼　なんで素手で吾輩の軍がやられていくんだよう！」

ザーボックはもはや泣き叫んでいた。

「もうやめろ！　やめてくれぇぇぇぇっ！　吾輩の軍が！　栄光がぁぁぁぁぁぁっ！」

時間にして数十秒。

たったそれだけの時間で、ザーボックの連れてきた軍勢は崩壊してしまった。

これではもう人間界侵攻など夢のまた夢である。

「そ、そんな……。吾輩の野望が……魔王となる夢が……」

全滅した軍を見て、ザーボックはその場に這いつくばった。

「あなたたちの敗因はただひとつ。モフ度が足りない」

「も、モフ度……？」

もうわけが分からなかった。

魔王を殺しに来たはずが、戦うことすら出来ず、唐突に顕《あらわ》れた少女によって一軍が全滅。

悪夢のような光景だった。

「ちなみにあなたは〇点です。どこにもモフ度がない」

「吾輩はゼロ……。部下共でさえ数点はあったのに……。吾輩はゼロ……」

「ちなみにザッくんは百万点です。最初からあなたたちに勝利の可能性はなかったんですよ」

「そ、そんなぁ……」

ザーボックの心が折れようとしていたその瞬間だった。

『諦《あきら》めてはいけません、ザーボック。神は貴方を見ています』

白く輝く沢山の羽根が舞い落ちてきて、まばゆい光が天より差す。

空から降臨したのは、無縫の天衣をまとった美しい女性だった。

† † †

『貴様は女神……！　どうしてここへ……!?』

ようやくひっくり返った体勢から元に戻れたザグギエルが、上空の女神を睨みつける。

「翼のモフ度はなかなかだね……。柔らかそうで80点は堅いかな……」

女神の登場にも、カナタはマイペースに採点を始めている。

『どうして、とはおかしなことを言いますね、ザグギエル。貴方の試練が佳境へと差しかかったので、神託を与えにきてあげたのですよ』

神々しい笑みをたたえ、女神は手招きする。

すると、ザーボックの懐からガラス瓶に入った花が宙へと運ばれた。

花は見事に育ち、今この瞬間にも花開こうとしていた。

『見事です、ザグギエル』

ガラス瓶を愛おしそうになでて、女神は言う。

『よくぞここまで愛の花を育てましたね。百万の愛が集まろうとしている。もうあとほんの少しで、試練は達成できるでしょう』

ザグギエルの功績を女神は褒め称え、しかし悲しそうに眉《まゆ》をひそめる。

『ですが、残念なことに、ひとつ伝え忘れていたことがあったのです』

女神がガラス瓶を掲げると、開花寸前の花が根元から干涸《ひから》びていく。

『実はこの試練には刻限が定めてあったのですよ。期間内に試練を達成できなければ、命を失うことになるのです』

女神の顔には、隠しきれない愉悦の表情が浮かんでいた。

『あらあら、どうしましょう。見る見る花が枯れていきますね。今から残りわずかの愛を集めきれそうですか？　無理そうですねぇ』

愛の花はザグギエルの状態を表している。

花が干涸びたと言うことは、ザグギエルの命もまた終焉《しゅうえん》を迎えることを意味していた。

乾ききった花が、徐々に砂のように崩れ始める。

『……性根の腐った貴様のことだ。そんなことだろうと思っていたぞ。その刻限とやらもたった今決めたのだろう？』

『さぁ、何のことやら』

『呪いを解く気などないことなど、最初から分かっていたさ……ぐうっ⁉』

ザグギエルの体から煙が立ち上った。

しゅうしゅうと音を立て、ザグギエルの質量が煙へと分解されていく。

「ザッくん！　大丈夫⁉　しっかりして！」

カナタが駆け寄って抱き上げるが、ザグギエルは体を震わせて、力なくうめくばかりだ。

『か、カナタ……どうやら、余はここまでのようだ……』

それでも何とか最後の言葉を紡ごうと口を開くザグギエルを見て、女神は両手を組んで涙した。

『ああ、なんて悲しい結末でしょう！　ザグギエル、貴方が魔王としての役目をまっとうしていれば、こんなことにはならなかったというのに！』

泣き嗤《わら》う女神の足元で、ザーボックは陰惨な悦びに顔をゆがめた。

「く、くくく！　死ぬか！　死ぬのかザグギエル！　ざまあみろだ！　我が夢は断たれたが、憎い貴様が死ぬのであれば満足だ！」

悪徳の者たちはけたたましく笑った。

ザグギエルは苦しみながらも、最後の言葉を必死に紡ぐ。

『一緒に旅が出来なくて、すまない……。だが、カナタと出会ってから、幸せとは何かを知る毎日であったぞ……。惨めで孤独な地獄の中で、唯一カナタだけが余に手を差し伸べてくれた……。本当に、嬉《うれ》しかったのだ……。あの時、余は救われたのだ……』

「そんなの、わたしだって同じだよ。毎朝目覚めるとザッくんがいてくれて、抱きしめると温かくて柔らかくて、毎日すごく幸せだった。これからだってずっと一緒だよ」

『ありがとう、カナタ……。そうできれば良かったのだが……、この呪いはどうにも出来ない……。神は我らより上位の存在なのだ……。この世界の法則ではこの呪いを破ることは出来ないのだ……』

「そうなの？」

『そうなのだ』

聞き返すカナタにザグギエルは神妙に頷《うなず》いた。

『神は我々を生み出した存在。被造物は造物主には勝てぬ。現に呪いは余の体を蝕《むしば》んで、もはや言葉を交わすことも……できておるな？』

「できておるね」

普通に会話できていた。

ザグギエルはいつの間にか体が楽になっていることに気がつく。

「お、おい！　どうなっている女神！　ザグギエルのやつめ！　死なないではないか⁉」

『そ、そんな馬鹿な⁉　ザグギエルの死は絶対のはず⁉　まさかあの娘、回復魔法で神呪の侵蝕《しんしょく》に対抗している⁉』

女神が気がついたとおり、ザグギエルを抱き上げるカナタの手はうっすらと温かな光を宿し、ザグギエルの体を回復し続けていた。

『神の裁定に回復魔法で体力を拮抗《きっこう》させるなど、いったいどれほどの魔力をそそぎ込めば……！』

上位存在にあらがうほどの力に女神は驚愕《きょうがく》し、カナタの正体に思い至る。

『先ほどの戦いぶりから予感はしていましたが、この常軌を逸した魔力量……！　あの娘は重魂者ですね……！　他次元神め、いらぬことを……！　ですが、重魂者だとしてもこの力は異常に過ぎる……！　神ならぬ身で、神の法則に迫るなど……！』

最高の才能を持って生まれた者が、努力して努力して努力し続けた結果生まれた怪物。

それがカナタ・アルデザイアという存在だった。

女神は悔しげに歯を噛《か》みしめ、しかしまだ事態は終わっていないことに気がつく。

ザグギエルの状態を表す花はまだ枯れたままだ。

すなわち呪いは現在進行形でザグギエルの体を蝕んでいることを示している。

解除条件を満たすまで、ザグギエルは死から逃れることは出来ない。

『ふっ、無駄ですよ、重魂者の娘よ！　貴方のそれは回復魔法で命を繋《つな》いでいるだけ！　ザグギエルに課せられた試練は未だ達成されていません！　そして花はもう枯れ果て、咲くことはない！　もう一度百万の愛を集め直す時間もない！　貴方の魔力が尽きたとき、ザグギエルの命は今度こそ終わるでしょう！』

女神は勝ち誇った様子で笑う。

「愛……？」

『そうです！　百万人分もの愛！　それがなければザグギエルが助かることはあり得ません！』

カナタに絶望を味わわせるためのその発言は、逆にカナタに正解への道筋を教えていることに女神は気づいていない。

「愛ならあるよ」

カナタはザグギエルを強く抱きしめた。

『ほほほほっ！　言ったでしょう！　必要なのは百万人の愛。たった一人分の愛ではまったく足りませんよ！』

あざ笑う女神は知らない。

カナタがここまでの超人になったのは、努力に努力を重ねた結果だが、その努力の源はたったひとつの望みから始まったということを。

「百万なんて小さい小さい！　わたしのモフモフ愛は無限大っ‼」

『か、カナタ……⁉』

抱きしめられたザグギエルがカナタを見上げる。

ふわふわの柔らかい毛。大きなまん丸おめめ。ピンと尖《とが》った立派な耳。短い手足。長い尻尾《しっぽ》。可愛い鳴き声。癖になる体臭。

その全てに対する想いをカナタは全力で叫んだ。

「ザッくん大好《モフモフ》きぃいいいいいいいいいいいいいいいっ‼」

全力の愛情が叫ばれ、カナタの胸の内から、まばゆい光が溢《あふ》れ出す。

そして女神の手元にあった枯れ果てた花が実を付け、種が落ちた。

種は急速に芽吹き、根を生やし、茎を伸ばし、新たなつぼみをつける。

そして色鮮やかな花が満開に咲き誇った。

『そんな⁉　たった一人で百万人分の愛を与えたというのですか⁉　そんなこと、人間には、神にだって出来はしない‼』

だが、女神の主張は目の前で起きている光景に否定されている。

『解ける……！　余の呪いが……！』

ザグギエルがカナタの胸を飛び出し、空へと浮かぶ。

『カナタ、見ていてくれ！　これが余の本当の姿だ！』

呪われし弱き体が、音を立てて力を取り戻していく。

短い四肢は長く伸び、全身を覆っていた黒い毛は頭に集まり、雄々しい角が天を衝《つ》く。

「ああ、懐かしい……。そうだ、これこそが余の体だ……」

ザグギエルにかけられた呪いが、完全に解けた瞬間だった。

魔法で服を編んだザグギエルが、悠然とカナタの前に降り立つ。

黒い毛玉だった面影などどこにもない、美しい青年の姿だった。

「カナタ、ありがとう。貴公のおかげで、余を苦しめた永き呪いは解けた」

「ザッくんなの……？」

「ああ、余だ、カナタ。そなたの愛が余を救ってくれたのだ」

呆然《ぼうぜん》と見上げるカナタに、ザグギエルは優しく微笑みかける。

『なんと言うこと⁉　神の裁定を人間が覆すなんて⁉　そんなこと、あってはならないのに‼』

女神は髪を掻《か》きむしり、絶叫する。

「ま、魔王が復活した……！　吾輩《わがはい》はもう駄目だ！　おしまいだぁ！」

ザーボックは恐怖に怯《おび》え、うずくまって頭を抱える。

「ザッくん……」

そしてカナタは――

「ザッくんじゃない！」

人生で一番の悲しみを味わっていた。

「か、カナタ？　どうした？　余が分からないのか？」

ザグギエルが差し伸べる手に、カナタは触ってみる。

すらりとした腕だった。

ほどよく筋肉が付き、彫刻作品を思わせる美しさだ。

それがさらなる絶望をカナタに与える。

「ザッくんじゃない！」

引き締まった胸板に触り、

「ザッくんじゃない！」

夜の月のような美しい顔に触れ、

「ザッくんじゃないぃぃぃぃぃぃぃぃぃぃぃぃぃぃっ！」

と悲鳴を上げた。

ともすれば、ザグギエルが死にかけたときより悲痛だったかも知れない。

「うっ、ううう――……。ザッくんが……ザッくんがぁ……」

「いや、カナタよ。死んでないからな？　ここにおるからな？」

「だってぇ……だってぇ……」

駄々っ子のようにカナタは泣きじゃくり、最後にザグギエルの髪に触れる。

しっとりとしつつも柔らかいこの感触。

カナタには確かに覚えがあった。

「ああ、ザッくんだぁ……良かったぁ……。ここにいたんだぁ……」

その触り心地に、カナタはようやくほっとした。

「そ、そこで余だと分かるのか……」

髪の毛のモフモフ具合でしか自分を認識されていないことに、ザグギエルはショックを受けた。

「いや、カナタのわけが分からないのは、思えば最初からであったか……」

そして早々に受け入れる。

カナタのモフモフマニアは今に始まったことではない。

ここしばらくの付き合いで、ザグギエルにも少し分かってきた。

「カナタ、まだ事は済んでおらぬのでな。頭をなで回すのはあとにして貰《もら》えぬか」

「モフモフ……モフモフ……えへへ……」

「聞いてはおらぬか。仕方があるまい」

ザグギエルは頭から離れようとしないカナタを抱き寄せ、ザーボックたちに振り返る。

「我が軍勢よ！　余は戻ったぞ！」

ザグギエルの覇声に、心を折られていた魔物たちがハッとする。

「お前たちが従うのは余か⁉　それともそこの女神に踊らされた愚か者か⁉」

その一喝は、魔物たちの正気を呼び覚ました。

「ま、魔王様だ！　魔王様がお戻りになられた！」

「お、俺たちは今までいったい何を……？」

カナタに心を折られ、本来の王の帰還を目にしたことで、魔物たちは次々と正気を取り戻していく。

そして、元魔王軍の者たちは一斉に大地に平伏した。

そうでないのは、先ほどから恐怖に震えるザーボックだけだ。

ザグギエルは悠然とザーボックの前に立ち、冷たい眼光で見下ろす。

「貴様の負けだ、ザーボック」

「は、はひぃ……」

力を取り戻したザグギエルの重圧は凄《すさ》まじく、ザーボックは穴という穴から汁を垂らしながら魔王を仰いだ。

「余にはまだやることがある。貴様が心を入れ替え、暗黒大陸平定に力を尽くすというのであれば、今回だけは許そう」

「は、はひぃ！　このザーボック！　二度と裏切りませぬぅぅぅぅぅっ！」

それは見事な土下座でザーボックは再度の忠誠をザグギエルに誓う。

「よし、ならば帰れ！　貴様らがいては王都の民が安心できん！」

ザグギエルは片手を掲げ、大規模空間転移魔法を発動させる。

基礎理論を構築しただけあって、ザグギエルは一度見ただけでその術式を理解していた。

ザーボックを含めた魔王軍が暗黒大陸へと転送される。

あとに残ったのは、唖然《あぜん》とする女神だけだ。

「さて、どうする女神よ。貴様の悪巧みもこれまでのようだが？」

『ぬぐぐ、言わせておけば……』

女神は屈辱に震えるが、神にすら届きうる力を持つカナタがいる時点で、下手に手を出すのは憚《はばか》られた。

膠着《こうちゃく》状態になったところへ、王都の正門が突然開いた。

「うおおおおおおおおおっ！　お前たち、王都の危機をカナタちゃん一人に背負わせて恥ずかしいと思わないのか！　勇気ある者はわしに続けぇぇぇぇぇぇぇぇぇぇぇぇぇっ‼」

「「「うおおおおおおおおおおおおおおおおおおおおおっ‼」」」

騎士や民衆を引き連れた国王が、正門から出陣する。

「うおおおおおおおおおお……お？　おや？　魔物はどうした？」

戦うべき魔物の姿はどこにもなく、振り上げた拳《こぶし》の行き場を失った民衆は首をかしげた。

「あっ！　みんな見ろ！　あんなところに誰か浮いてる！」

「翼を生やしたあのお姿！　もしや女神様では！」

「教会の彫刻そのままで、なんて神々しいんだ！　生きている間に神様の姿を拝めるなんて‼」

人々は女神がいると聞いて、どんどん女神のもとへと集まってくる。

多数の人間に姿を見られてしまった女神は、悪態をつくことも出来ずに、ぐぅとうめいた。

ザグギエルと民衆を交互に見て、奥歯を噛みしめ、自身の敗北を悟った。

『よ、よくぞ真実の愛を知り、改心しましたね、魔王ザグギエルよ。これからはその少女とともに善なる道を歩むのですよ』

取り繕うように女神は告げると、逃げるようにしてその場から消え去った。

女神の言葉を聞いた民たちからは歓声が上がる。

「すごい！　女神様から直接お声をかけられるなんて！」

「もしかして、あの娘が魔王を改心させて魔物の軍勢を追い返したのか！」

「奇跡だ！　そんなことが出来るのは聖女だけだ！　彼女は聖女に違いない！」

歓声は一転して、女神から聖女カナタを讃《たた》えるものへと変わった。

「聖女じゃなくて魔物使いですけどー」

カナタはザグギエルの頭をモフりつつ答えるが、みんな歓声を送ることに必死で誰の耳にも届かない。

「やれやれ、この調子では、また足止めを食らうことになりそうだな。どうする、カナタ？　戦いで疲れているようなら一度王都に戻っても良いと思うが」

「ぜーんぜん。元気いっぱいだよ！　旅の準備はもうできてるんだから、このまま出発しよー！」

「うむ、賛成である」

背中に人々の歓声を受けながら、ふたりはようやく旅に出られたのであった。

「カナタちゃぁぁぁぁぁぁぁぁんっ‼　行かないでぇぇぇぇぇぇぇぇぇぇっ‼　国の宝があぁぁぁぁぁぁぁぁぁぁぁぁぁぁっ‼」

「カナタさん！　どういうことなんですか！　こんな功績を残されたら、ギルドはどう報酬を出せば良いんですか⁉　せめてギルドで説明を！　解決策を下さい！　残業はもういやなのぉぉぉぉぉぉっ‼」

「「戻ってきてぇぇぇぇぇぇぇぇぇぇぇぇぇぇぇぇっ‼」」

国王とメリッサが泣き叫んでいるような気もしたが、聖女を讃える民衆の歓声に掻き消えてしまうのだった。

† † †

ふたりは王都を離れ、西に向かって歩いていた。

都市を繋《つな》ぐ石畳の道には、少ないとは言え、往来もある。

そんなところを二人の美男美女が歩いているので、道行く者はたびたび彼らを振り返っていた。

「つまりだな、神にとって人間の信仰心は力の源なのだ。あそこで何もせず逃げ去ったのは、本性がばれて信仰心が下がるのを防ぎたかったからだろう」

「へー」

「そして、死して天国へ向かったとされる人間の魂は、やつらにとって餌なのだ。逆に我ら魔物は人間を始末し、効率良く食事を運ぶ働き蟻のようなものになるわけだな」

「ふーん」

「強力な魔物を暗黒大陸で蠱毒《こどく》のように競い合わせ、魔王となった者に人間界へ侵攻させるのだ。そして一定まで人間の魂を収穫したら、勇者などの特別な職業を得た者を使って魔物を撃退させる。人間と魔物の数が減れば、また収穫期まで争いを平定させて互いの数を増やす。おそらくカナタ、貴公も勇者などの役目を司る一人だったはずなのだ」

「ほー」

「要するに、神にとって勇者と魔王という職業も、ただの収穫道具に過ぎないということだな。余はその仕組みを暴き、暗黒大陸から魔物を出さないことで、恒久的平和を生み出そうとしたのだが、女神のやつにあのような呪いをかけられてしまったのだ。だが、魔王の職業はまだ余が司ったままだ。女神め、余を長く苦しめるために生かし続けたのが仇《あだ》になったな。野心の強かったザーボックの心が折れた以上、余が戻らない限り暗黒大陸からの全軍侵攻は起きないだろう」

「そーなんだー」

「……カナタよ。その、なんだ。余の話は退屈か？」

いつものカナタなら、ザグギエルが何を話しても、目を輝かせてうんうんと頷《うなず》いていたものだったが、王都を出てからというもの、カナタの態度はあからさまに素っ気なかった。

「そんなことないよー」

「そ、そんなことあるだろう！　いつもならもっと構ってくれたではないか！　それにだ！　こうして呪いが解けた今、余の姿に思うところはないのか⁉」

ザグギエルの姿は黒い毛玉だった頃とはまったくの別人だった。

女性であれば、胸を高鳴らせずにはいられないほどの美形である。

カナタと並ぶと、それはそれは絵になった。

「んー……」

カナタは薄目で真ザグギエルの姿を眺め、感想を告げる。

「髪以外のなで心地が悪いから、前のザッくんの方が良かったなー」

「ぐ、ぐはぁっ⁉」

心に刃を突き立てられて、ザグギエルは吐血した。

悲しみの涙を滂沱《ぼうだ》と流しながら、ザグギエルは地面に伏す。

「な、何故だ……。何故そんなに辛辣《しんらつ》なのだ……。今の余の方が強いのに……。カナタに相応しい魔物のはずなのに……。カナタ、余は……余は……――はっ⁉」

ザグギエルはそこで解にたどり着いた。

「今の余の方が強いにもかかわらず、カナタは前の姿の方が良いと言っていた……。つまりこういうことか！　貴公に相応しいさらなる強さを求めるのならば、あの姿でも最強となれ、ということだな！　余は完全に理解したぞ！」

完全に理解していなかった。

「呪いの術式はおおよそ分かっているのだ。強制力までは再現できぬが、姿や力を変える程度なら容易いことよ！」

ザグギエルはそう言うと、自らに術式を施す。

美しかった青年の体は見る見る縮み、服だけを残して消えてしまった。

「メウッ！」

そして服の中から現れたのは、あの黒い毛玉だった。

『カナタよ！　余はこの姿のままでも最強となってみせるぞ！　素っ気なかったのは、このことを余に気づかせるためなのであったな！』

自信ありげに、メウメウと鳴くザグギエル。

「…………」

カナタはそんなザグギエルを見下ろして、音の壁を突き破った。

「うわあああああザッくんうわあああああザッくんスーハースーハークンカクンカモフモフモフモフモフきゅんきゅんモフモフぅぅぅぅぅぅぅぅぅぅぅぅっ‼」

『か、カナタぁぁぁぁぁぁぁぁぁぁぁぁぁっ⁉』

ザグギエルに飛びついたカナタは、揉《も》んで吸ってさすって、ザグギエルの全身を余すところなく堪能する。

「やっぱりザッくんはこうでなくっちゃぁぁぁぁぁぁぁっ♥♥♥　ザッくん最高だよぉぉぉぉぉぉぉぉぉぉぉぉっ♥♥♥　ザッくんザッくんザッくんザッくんんんんんんんんんんんん♥♥♥」

『ま、待てカナタ！　こんな往来では駄目だ！　み、みんな見てるからぁぁぁぁぁぁぁぁぁぁぁぁっ‼』

このあと滅茶苦茶モフられた。

あとがき

初めましての方はモフモフ！（聖句による挨拶）
そうでない方もモフモフ！（聖句による挨拶）

本作は「小説家になろう」など、WEB小説サイトで投稿しているものに加筆、修正および書き下ろしを加えたものになります。

WEBから本作をご存知の方にも、書籍が初見の方にも楽しめるように、めっちゃ頑張りました。カナタとザグギエルのモフモフっぷりを楽しんで頂けたなら、これに勝る喜びはありません。作家冥利《みようり》に尽きます。

この話を思いついたのは、『可愛《かわい》い女の子とモフモフが旅するお話が読みたい』という個人的な願望からですが、実は本作にはモチーフとなった作品があります。

その作品のことを知ったのは、二十年以上前になります。

筆者はアニメや漫画などをあまり見させてもらえない家庭で育ったのですが、ディズニー作品やジブリ作品だけは禁止されませんでした。

なので夜九時からの金曜ロードショーは、筆者にとって最高に楽しい時間でした。数々のアニメ映画は筆者の心を豊かにしてくれたものです。

その中でも忘れもしません。金曜の夜九時、子供にとっては結構な夜更かしをしながら食い入るように見たアニメがあります。

その作品の名は『美女と野獣』。実写化作品も大成功を収めた、いわずと知れたディズニー映画の金字塔です。

呪いを受けて醜い獣になった王子が、家臣たちの言葉にも耳を貸さず、自分の人生に絶望しながら暮らしていたところを、天真爛漫《てんしんらんまん》な少女の優しさによって凍った心を溶かされ、ついには真実の愛に目覚めて呪いを解く。

なんて素敵な物語なんだろう。いつか自分もこんな素晴らしい物語を書いてみたい、と幼心に思ったのでした。

そして二十うん年を経た現在。

完成原稿を読み直した筆者の心境は――。

(どうしてこうなった……⁉)

ハッピーエンドには違いないけど！　違いないけど！

まぁ、モフモフ可愛いから仕方がないですね。ザックんにはもうしばらくモフモフのままでいてもらいましょう。

とは言え、ふたりの旅はようやく始まったばかり。次巻では新たな白モフが加わり、モフ度をますます上げながら、カナタは世界に聖女の軌跡をやり過ぎな奇跡で残していくでしょう。

彼女たちの旅をこれからも見守って頂ければ幸いです。

それでは残りはお世話になった方々に謝辞を送って締めさせて頂きたいと思います。

まずはWEBから読んでくださっている皆さま！　沢山の感想や応援に支えられて無事に書籍化できました！　ありがとうございます！　WEBと書籍では色々内容が変わっていますが、どちらの作品も楽しんで頂けるよう頑張ります！

本作を担当してくださった編集のSさん！　心打たれる熱心な打診を下さり、書籍化に向けて動き出してからは率直な意見をビシバシ聞かせて頂きありがとうございます！　自身の未熟を恥じつつも、これからも精進して参ります！　面白い作品のためには加減などいらぬ、どんどん来い！

めちゃくちゃ可愛いカナタとザグギエル、その他魅力的なキャラクターを描いてくださったファルまろさん！　筆者が願う『女の子可愛い』と『モフモフ可愛い』をここまで表現してくれるとは……！　感謝感激雨霰《あめあられ》です！　これからもよろしくお願いいたします！

編集部の皆さん、デザイナーさん、校閲さん、営業さん、書店員さん！　その他たくさんの人々に支えられて本作を世に出すことが出来ました！　本当にありがとうございます！

そして、今まさに本作を手に取っている貴方様《あなたさま》に、最大の感謝を！

それでは二巻でさらなるモフモフを携えてお会い出来ることを楽しみにしています!!

ではでは！

二〇二〇年　一月某日　犬魔人

お便りはこちらまで

〒102－8078
カドカワBOOKS編集部　気付
犬魔人（様）宛
ファルまろ（様）宛

カドカワBOOKS

聖女《せいじょ》さま？　いいえ、通《とお》りすがりの魔物使《まものつか》いです！
～絶対無敵《ぜったいむてき》の聖女《せいじょ》はモフモフと旅《たび》をする～

2020年３月10日　初版発行

著者／犬魔人《いぬまじん》

発行者／三坂泰二

発行／株式会社KADOKAWA

〒102-8177
東京都千代田区富士見2-13-3
電話／0570-002-301（ナビダイヤル）

編集／カドカワBOOKS編集部

印刷所／旭印刷

製本所／本間製本

Printed in Japan
ISBN 978-4-04-073485-9 C0093

元社畜、
異世界の端っこで
のんびりモノづくり生活、
はじめます。
たままる
ill キンタ
カドカワBOOKS
異世界に転生したエイゾウ。モノづくりがしたい、と願って神に貰ったのは、国政を左右するレベルの業物を生み出すチートで……!? そんなの危なっかしいし、そこそこの力で鍛冶屋として生計を立てるとするか……。

鍛冶屋ではじめる異世界スローライフ
第４回カクヨムWeb小説コンテスト
異世界ファンタジー部門〈大賞〉

魔王《ラスボス》よりも強いけど、
平穏に暮らしたいんです。
B's-LOG COMIC＆
異世界コミックにて
コミカライズ
決定!!!!!
漫画：のこみ
カドカワBOOKS

AKUYAKU REIJO LEVEL 99
悪役令嬢レベル99
～私は裏ボスですが魔王ではありません～
七夕さとり
Illust.Tea
RPG系乙女ゲームの世界に悪役令嬢として転生した私。だが実はこのキャラは、本編終了後に敵として登場する裏ボスで――つまり超絶ハイスペック！ 調子に乗って鍛えた結果、レベル99に到達してしまい……!?

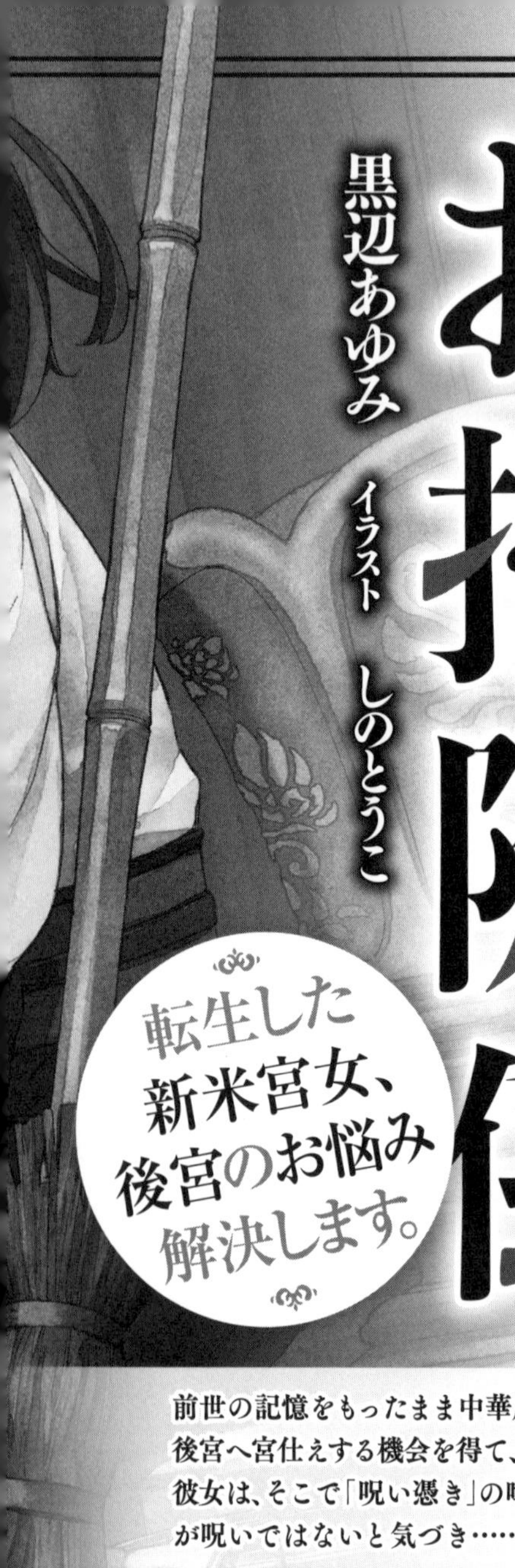

百花宮のお掃除係

黒辺あゆみ

イラスト　しのとうこ

転生した
新米宮女、
後宮のお悩み
解決します。

カドカワBOOKS

前世の記憶をもったまま中華風の異世界に転生していた雨妹。後宮へ宮仕えする機会を得て、野次馬魂全開で乗り込んでいった彼女は、そこで「呪い憑き」の噂を耳にする。しかし雨妹は、それが呪いではないと気づき……

第4回カクヨム
Web小説コンテスト
キャラクター文芸部門
〈特別賞〉
憧れの後宮はトラブルだらけでした!?
新米宮女、医療チートで大活躍!
風邪の予防にアルコール消毒!
呪い信者の道士と医学論争!?
無害な化粧品づくり!